汉字文化思想传承丛书

"时令"字类中的
时间观念

徐丽群◎著

U0102895

华东师范大学出版社
·上海·

图书在版编目（CIP）数据

"时令"字类中的时间观念 / 徐丽群著 . -- 上海：华东师范大学出版社，2024. -- （汉字文化思想传承丛书）.

ISBN 978-7-5760-5182-7

Ⅰ . H12

中国国家版本馆 CIP 数据核字第 2024642TU0 号

汉字文化思想传承丛书

"时令"字类中的时间观念

著　　者　徐丽群
策划编辑　王　焰
责任编辑　朱华华
审读编辑　沈　苏
责任校对　庄玉玲　时东明
装帧设计　卢晓红

出版发行　华东师范大学出版社
社　　址　上海市中山北路 3663 号　邮编　200062
网　　址　www.ecnupress.com.cn
电　　话　021-60821666　行政传真　021-62572105
客服电话　021-62865537　门市（邮购）电话　021-62869887
地　　址　上海市中山北路 3663 号华东师范大学校内先锋路口
网　　店　http://hdsdcbs.tmall.com

印　刷　者　上海中华商务联合印刷有限公司
开　　本　889 毫米 × 1194 毫米　1/32
印　　张　8
字　　数　164 千字
版　　次　2024 年 9 月第 1 版
印　　次　2024 年 9 月第 1 次
书　　号　ISBN 978-7-5760-5182-7
定　　价　79.80 元

出 版 人　王　焰

（如发现本版图书有印订质量问题，请寄回本社客服中心调换或电话 021-62865537 联系）

一、汉字认知结构：深层与表层

汉字认知结构有表层与深层之分。不妨先以观察"斋"字结构演变链条为例：

金文　　　　战国楚简　　　秦诅楚文　　西汉居延新简

东汉肥致碑　东汉淮源庙碑　北魏元恪嫔墓志　唐李瑱墓志

从周代金文到汉代简牍石刻文字，反映了较长时期内存在的一种观念，即祭典过程中讲究身心虔敬，祭献品整洁；作为体现形式的"斋"字作形声结构：从示，齐省声，齐兼表义，"齐"即整齐，类比古人祭祀或举行典礼前整洁身心，以示虔敬。同一时期，"齐"的观念，还涉及祭献品的规定，可以参考战国楚简的相关记录。① 古人在祭祀或举行其他典礼前清心寡欲，净身洁食，以示庄敬其事。这种观念，诉诸文字体现出来的，属于形式的，即表层的结构，相对应的观念形态单位，则属于深层结构。深层结构的演变发展，又往往引起表层结构的调整。即如"斋"例，到一定阶段又发展出"心斋"，即去除杂念，使心神纯一的观念。讲究平时不饮酒、不茹荤等庄敬戒持，甚至特定时间内干脆不吃东西，即"吃斋""吃素"等规定。佛学东渐传播，佛制比丘过午不食，因以午前、午中之食为斋，按小乘戒律，只禁过午食，而不禁食净肉，后人据大乘别意，以素食为斋。于是，我们从字符系列中看到，唐代刻石又将"斋"改造为由"米"符合成的结构；字符集里还贮存了籴、籴这样的结构，表征的同样是某些特定时间里，对饮食的约束或干脆禁食。观念形态的深层结构变化了，文字表层结构往往也会进行相应调整。

数千年来，汉字创造使用的历史没有中断，这在世界各类文字体系中是独一无二的。在很大程度上，这取决于汉字认知结构的深层与表层关系。汉字体系作为文化思想资源，历史悠久，层次丰富，领域广泛。其他各类文化价值体系核心范畴，鲜有如此深厚、纯粹、鲜明者。

专业工作者调查研究表明，汉字结构方式，体现着中国

---

① 上海博物馆藏《战国楚竹书》第一册《孔子诗论》，第九简有"巽寡悫古"，可解释为"具食精洁、合乎古礼"。（臧克和：《简帛与学术》，郑州：大象出版社，2010年，第81—82页）《说文》："斋，戒，洁也。从示，齐省声。"《玉篇》："斋，《周易》曰：圣人以此斋戒。韩康伯曰：洗心曰斋，防患曰戒。又敬也。"

古代人的类比认知模式；类比认知观念意识，即汉字构造的深层结构。基于上述观点，借助汉字结构演变发展链条，可以到达汉字认知的深层结构。通过对汉字深层结构的挖掘，寻绎恢复汉字观念发展史的线索，从而传承民族文化精神特质的价值观念。较之古籍文献整理的基础工作，这类汉字深层结构关联的构建，相当于培育汉字文化内在精神传承的新型载体。

二、汉字学术传统：义理与考据

中国学术层级，分为义理、辞章、考据，以汉字文化思想为核心而形成了一个辉煌的学术传统：义理考据，融会贯通。这个会通，就是经由文字音韵训诂的考据而实现的。汉学传承发展到朴学，戴东原、段玉裁、王念孙、王引之、钱大昕等一代学术大师们明诏大号：义理存在于训诂。训诂方式，实际上就是考据；训诂主体，也就是文字音韵。①

① 声音统摄各类形体联系，结构形体生成相同音节的区别。字→词→道，意→词→字，是清代考据学家兼哲学家的戴震对文字考据与义理观念的关系归结：作为整体的道原认知，与作为部分的训诂解释，考据线路是互为补充，往复循环的。见臧克和：《中国文字与儒学思想》，南宁：广西教育出版社，1996 年，第 221 页。需要指出的是，钱锺书先生（钱锺书：《管锥编》第一册，北京：中华书局，1979 年，第 172 页）针对朴学解诂技术线路，将其作为"阐释循环原理"而阐释为："积小以明大，而又举大以贯小；推末以至本，而又探本以穷末；交互往复，庶几乎义解圆足而免于偏枯。"参见臧克和：《〈管锥编〉训诂思想初探》，《华东师范大学学报（哲学社会科学版）》，1989 年第 3 期。

传统上，汉字属于礼、乐、射、御、书、数，即"六艺"之一，排列第五。古代有"游于艺"的治学经验，故文字的书写运用，又有"第五游"之称。① 中国学术史具有"以字证史"的习惯。汉字使用区域"汉字文化圈"的若干学科，也往往把汉字体系作为构建中国上古三代以来的认知结构和观念系统的根基。② 汉字结构体系，即认知观念之辙迹。

三、汉字文化思想：载体与资源

汉字结构与汉字书写体系，具有负载文化、传承文化的属性。汉字文化，构成上述观念形态的"深层结构"。学术史上，具有"假字解经""以字证史"的悠久传统。文字学，从来就是中国传统人文学术的根基。

汉代许慎《说文解字》贮存上万古汉字结构单位，百科全书式地直接呈现了先民对于自然与人本的"心性之结习成见"。通过体察认识，分类型、分层级，系统地演绎了最为丰富的汉字认知模式。

汉字考证索解的历程表明，经由古汉字结构的内在联系，可以发掘提取民族固有的、纯粹鲜明的观念思想范畴，可以采集知识，辨析源流，重构发展形成的历程。例如："和"字

---

① 韩国汉字研究所现存古代字书，仍有《第五游》一种。
② 钱锺书先生在《管锥编》里谈到治学心得所在："一代于心性之结习成见，风气扇被，当时义理之书熟而相忘、忽而不著者，往往流露于文词语言。"披露大家手眼，辞章义理考据治学会心处。

类认知结构所体现的"和谐"观念史，"仁"字类认知结构存储的仁爱人本意识，"德"字类认知结构传递出的原初道德律令，"礼仪"字类认知结构积累的人生礼仪态度，"时令"字类认知结构中积淀的时间观念发展史，等等。正是从这个意义上，可以不夸张地说，对于汉字文化知识成体系的挖掘，构成了中国认知结构的文化思想资源库。

四、汉字智慧传承：知识与智能

汉字的文化属性，体现在认知结构方面。汉字的认知结构，体现为中国古代社会丰富的类比认知模式。汉字表征的中华认知结构，以形表意，以类相成，首先体现为汉字体系的分类——根据文字所表征的事物外延范围，分为系列意识观念结构类别，每个类别也就是"取类"——所取为类属，而不复是具体的形态单位。

汉字考证索解的历程表明，经由古汉字结构的内在联系，可以发掘提取民族固有的纯粹鲜明的意识观念范畴，可以溯源明流，观测动态，从汉字体系发展过程中采集知识，从而构成中华认知结构文化资源库。

如果说语言（人类的认知方式与认知结果）建构了世界，那么文字就固定了世界（人天关系、人物关系、人人关系）。文字标记，为世界万物赋形，使得万物可以存储、分类、提取，进而可以互联互通，可以让人格物、致知。世界变得"场景化"，从而得以确定，可以为人所把握。21世纪以来，人类社会完成了第二次系统编码，即对于文字体系本身的数字化处理，使得世界进入数字化、智能化时代。

会意与意会生产知识。汉字结构认知，无论是独体还是合体结构，都需要经过专业工作者大脑的意会加工过程。合体复合结构的汉字，也就是古人所说的"形声"和"会意"。"会意"的实质就是"意会"，要从参加会合的几个字符中整理出一个构字意义，说得简单些，就是靠解读者的"意会"。"形声"类作为结构主体的认知过程，实际上也离不开"意会"参与的加工。在人类认识发生发展史上，意会知识是一切知识的基础和源泉。波兰尼认为："意会知识比言传知识更基本。我们能够知道的比我们能说出来的东西多，而不依靠不能言传的了解，我们就什么也说不出来。"这就是说，意会知识在时间上先于逻辑的、言传的知识，没有意会便无法产生和领悟言传知识。造字离不开意会，人们解读字形字义也必须有意会能力的参与。基于此，人工智能只能遵循有标注的程序，从而生产"内容"，但无法产出"知识"。知识，有待于挖掘；机器学习，则遵循逻辑，有待于标注。从这个意义来说，机器学习无法取代汉字知识挖掘、采集与传承。①

五、汉字知识挖掘，学科传承

人文科学普遍具有跨学科性质。20 世纪八九十年代，华

---

① 李景源：《史前认识研究》，长沙：湖南教育出版社，1989 年，第 78—79 页。

东师范大学出现过一个被称为"文化文字学"的汉字学派。①岁月流逝,这个学派留下的有关中国文字学蕴涵礼俗史、艺术史、观念思想史的系列考索著述,在海内外相关专业领域,存在着广泛而深远的影响。本世纪在诸如"说文学"研究综录一类文献目录学里,以及互联网搜索引擎上面,仍然可以发现大量相关信息。

二十多年来,华东师范大学"汉语文字学"一直是上海市政府重点建设学科。作为面向世界的中国文字学科平台体系,"华东师范大学中国文字研究与应用中心"在 2000 年通过教育部专家组评审,列入教育部人文社会科学重点研究基地。本丛书就是依托该基地组织和连续性深入挖掘历史汉字文化知识系统的课题成果。基地还面向全球编辑发行《中国文字研究》、《中国文字》(*Journal of Chinese Writing Systems*)等,并与韩国汉字研究所、以色列希伯来大学考古研究所、日本京都立命馆大学东洋文字文化研究所、德国波恩大学汉

---

① 李玲璞、臧克和、刘志基:《古汉字与中国文化源》,贵阳:贵州人民出版社,1997 年;臧克和:《汉语文字与审美心理》,上海:学林出版社,1990 年;臧克和:《说文解字的文化说解》,武汉:湖北人民出版社,1994 年;臧克和:《中国文字与儒学思想》,南宁:广西教育出版社,1996 年;臧克和:《汉字单位观念史考述》,上海:学林出版社,1998年;臧克和:《尚书文字校诂》,上海:上海教育出版社,1999 年;臧克和主编:《汉字研究新视野丛书》(11 种),南宁:广西教育出版社,1996—2000 年;刘志基:《汉字与古代人生风俗》,上海:华东师范大学出版社,1995 年;刘志基:《汉字文化综论》,南宁:广西教育出版社,1996 年;刘志基:《汉字体态论》,南宁:广西教育出版社,1999 年;刘志基主编:《文字中国丛书》(5 种),郑州:大象出版社,2006 年。

学系等高等研究机构开展了专题项目的长期深度合作。相关学科群自主研发通用的完整"古文字字符集",最早建成"新文科"业态的智能化中国文字数据库等。这些课题所涵盖的系列项目的开展,推进了汉字知识的挖掘与专业数据集加工,为今后人工智能的机器学习赋予东方文化数据驱动,实现人机融合优化发展。

六、汉字培根铸魂,通识性质

华东师范大学从学科建设实际出发,整合上述学科资源,尝试将通识类课程落到脚踏实地的文字学基础之上,让不同学科专业背景的读者能充分领会新时代国家治理的伟大实践中所提炼的文化思想、核心价值观,根植于深厚的优秀传统文化土壤,具有坚实的学理基础,从而恢复或构建固有的认知联系渠道,将培根铸魂的目标落到实处。为此,学校党委组织相关团队,在学科交叉的基础上调查研究,挖掘知识,撰写《汉字文化思想传承丛书》,希望为不同专业背景的读者提供相对通识性的读本;同时也为"汉字文化圈"乃至世界范围内的广大读者认知中国优秀的文化传统,激活汉字"认知原型"记忆,提供新视角、新方法、新资料。

本丛书是开放性的,我们将根据读者的需要,不断发展,推出各类专题系列。期待社会各界都来关心支持、共同发展这个系列,作好这篇"培根铸魂"、真正建立文化思想自信的大文章。

七、体例与说明

设计理念。在新的出土材料不断发现、不同类型的信息日趋丰富的"大数据"背景下，该系列的开展，旨在通过文字释读，挖掘客观可信的知识。根据意义存在于结构的原则，该系列所调查分析的字形结构是"成部类聚"的排比，注意观察同一字符不同形体的历史"动态演变"过程，努力挖掘某一单位的观念发展史。整合各类文字数据平台，尽量使抽象的观念意识转换为直观的具象。行文过程中，充分考虑不同专业背景读者及使用者的需求。

双层结构及其源流。各字类根据分析印证需要，将甲骨文、金文、战国简文帛书、古玺印文、古陶文、古币文、秦汉简文帛书、石刻篆文、《说文解字》（包含"新附"部分）、汉至隋唐五代石刻文字、《干禄字书》《五经文字》《九经字样》等字样文献，依次排比出各个时期具有代表性的实际使用的原形字，以客观真实地呈现汉字结构的源流发展历史，注重呈现字体的发展与其中体现的认知结构观念演进的历程，实现不同学科领域的有机关联。

复线结构及其分析。文本呈双线复合结构。从各个时期文字记录的实际出发，准确分析各种类型字形结构之间的变化及其原因，实现与传世古书记载相互印证。重建某些已经潜隐、中断或失落的形义联系线索。对于只有隶变楷书的形体所作的结构分析，只是提供一种理解上的参考提示。结构分析突出汉字的时代性因素，即结构变异类型、演变过渡类型、新增字形类型、书体转换类型以及字形定型等字形结构之间的基本时间层次，进而为认知结构的发展史描述、文字使用断代提供参照坐标。汉字的意义及联系存在于一定结构及结构的使用过程当中。以字形联系意义、区别意义，即字形使用所产生的基本义项以及基本义项间的逻辑发展线索，都需要置于结构及结构使用过程中予以考察。字义说明强调结构整体性的原则，即认知结构意义是基于结构关系的整体性规定。同时，研究中也贯彻不脱离实际使用"语境"规定的原则，注意恢复业已中断的某些特殊义项的语境联系，以将字义系统的描述置于规定明确、对照统一的释义结构当中，处理好数据链（培养根基）与意识链（凝练精神）双线文本复合结构关系。

参考文献及其标注。为了保证文献的准确可靠，字形图像均采自出土文字和传世字书数据集，即"中国文字智能化数据库"。其中正文反映字形源流的各种古文字材料出处，随文标注简称形式，起到揭示文献记录年代和载体性质的作用。全书正文之后，列具"参考文献"。脚注内容，包含两个部分：一是对正文确有补充需要，二是给出文献出处等相关信息。

丛书所涉及的各类出土古文字数据，一般采自华东师范大学中国文字研究与应用中心开发的"中国文字智能化数据库"。出于篇幅考虑，以及满足不同专业背景不同层次使用者的需要，行文过程中的文字数据均作简略处理。将来读者可以通过生成式智能工具进入可视化文化场景，对于这类功能，丛书会在今后的发展中不断进行完善。

《汉字文化思想传承丛书》编委会

2023 年 7 月 14 日

目　录

第二章
原始时间观念的萌芽（下）："夕"类字与原始黑夜观 / 37

第三章
民时天授：岁节字类与王权观念 / 69

第七章

抽象的时间表达和与时俱进的思想意识 / 189

第一章

原始时间观念的萌芽（上）：
"日"类字与原始白昼观

中国自古以来就是农业大国，中国人思想意识观念的起源是与农业活动息息相关的，而农业活动又始终伴随着人们对时令的认识。因此，我国先民对于时间的最初的认知，可以说是始于天文现象，更严格地说是始于对"日升月落"现象的认识。古人将太阳的起落和月亮的隐现作为记录时间流动的刻度，日出即白昼，月见即黑夜，这就是思想意识中有关昼夜概念的萌芽。

　　思想和意识的产生，伴随着用于表达思想和意识的言语行为的出现，于是有了对于时间的语言表达，进而有了记录时间语言的相关文字符号。我们很难断定最初的造字者究竟是凭借怎样的具体理念来为"时间"这个抽象的概念进行造字的，但根据最早的文字记录，我们仍能大体推知先民造字的思维逻辑。事实上，从早期表意文字的造字理据来看，古人对时间的表达，其实与先民对时间的思想意识是同步的，他们最初的思维轨迹同样都以"日、月"作为表意的基础：将表示白昼的日出时段记录为"日"，将表示黑夜的月见时段记录为"夕"。刘志基先生曾指出：

　　　　在造字者的心目中，时间的概念的内涵就是太阳运动。……"时"、"昔"之类抽象概括的时间概念之所以会与太阳如此密不可分，根由或许在于人们通过对太阳运行的细致观察，形成了若干具体的时间概念，并确立了把握这些具体时间概念的标志。……在先民时代，茫茫天际恰如一个大钟面，运行其间的日月则如这钟面上的时针，而人们对时间的认识和把握，在很大程度上靠的就是对这个自然时钟的观察。①

这种对于古代先民时间意识的认知，或许正是真相，因为它与最早文字所记录的事实完全相符。

"日"字的甲骨文形体写作"⦿"，这是一个极其显性的象形字，其字形整体就是一个太阳图案的象形符号。《说文·日部》："日，实也。太阳之精不亏。从口、一。象形。"② 许慎认为"日"中的圆点是"太阳之精"，后世作此解者均从许说。王襄视该圆点为"日中有乌"，并认为许说亦出自此。③ 所谓"日中乌"的说法最初见于《天问》和《淮南子》等，在此之前并无相关记载。姚孝遂明确指出文字初始时期的"日"中之点或横并非为"乌"。④ 相对于"日中乌"的说法，另一种将该圆点视为区别符号的观点或许更符合实际。如林义光在《文源》中指出，此是以圆点标记的方式将"日"与一般的〇、口等符号作出区别。⑤ 为什么说将"日"中圆点视作区别符号

---

① 刘志基：《汉字文化综论》，南宁：广西教育出版社，1996 年，第109—112 页。

② 许慎：《说文解字》，北京：中华书局，1963 年，第 137 页。

③ 王襄：《古文流变臆说》，上海：龙门联合书局，1961 年，第 17—18 页。

④ 于省吾：《甲骨文字诂林》，姚孝遂按语编撰，北京：中华书局，1996年，第 1095 页。

⑤ 林义光：《文源》，上海：中西书局，2012 年，第 70 页。

的观点更接近事实呢？我们可对相关问题作如下具体分析。

第一节　"日中乌"与"日"的造字理据

"日中乌"的观点可追溯到屈原在《天问》中的一问："羿焉彃日？乌焉解羽？"[1] 该句意思是问后羿如何射下九日，以及日中之乌如何散落羽翼。到《淮南子·精神训》中，就明确提出了"日中有踆乌"的说法（高诱注解"踆乌"为传说中的三足乌）。[2] 基于"日中乌"的观念，后世对太阳有了"三足乌""金乌""阳乌"等别称。

随着天文学的发展，人们逐渐发现，所谓"日中乌"，其实指的是太阳黑子。太阳黑子是人们直视太阳时所观察到的其表面偶有出现的黑斑，物理上认为那是磁场的聚集之处。太阳黑子的形态不一，有大如弹丸者，有似鹅卵者，当然也有若飞鸟状者，因此也不排除人们将鸟状黑子视作三足乌的可能性。但是，太阳黑子本身并非常见现象，它的可见频次通常可以低至以月数甚或年数为单位。[3] 而在这种本就并不常见的太阳黑子现象中，要想见到所谓"日中乌"的鸟状黑子想必更是难上加难。因此，我们姑且不论"日"字成型之时的先民是否已经如此细致地观察到了太阳黑子的情况，而

---

① 林家骊：《楚辞》，北京：中华书局，2010 年，第 83 页。
② 何宁：《淮南子集释》，北京：中华书局，1998 年，第 508 页。
③ 程廷芳：《中国古代太阳黑子纪录分析》，《南京大学学报（自然科学版）》，1956 年第 4 期。

仅从鸟状黑子的出现频率来看，也能很明显地得出这样一个结论：先民在当时很难使用所谓"日中乌"的迂回观念来为与人们生活息息相关的太阳造一个表意的象形字"☉"。

另外还有一种观点，即认为先民或许是基于对太阳和鸟图腾的双重崇拜心理，因而有了以"日中乌"的观念为"日"字造出"☉"形表意文字符号的结果。这个观点显然也经不起进一步的推敲。我们都知道，先民的鸟图腾崇拜表现为将鸟视作象征吉祥的一种标识。若是基于鸟图腾的崇拜心理，那在造字领域中就不存在如此简单粗暴地将人们视为吉祥象征的日中之"乌"处理为圆点和短横笔的道理。这种情况即便以"书写空间不够""书写便利"等理由也解释不通，因为在甲骨文字中使用完整的鸟雀形态直接表意的象形字比比皆是（如"凤"作𤟭、"隹"作𨾑等例），没理由轮到受人崇拜的"日中乌"时反而采取简化笔画的处理办法，这是不符合人们的崇拜心理的。综上所述，以所谓"日中乌""太阳之精不亏"等观点来解释古文字形体"☉"中圆点的造字意图，其理据显然并不充分。

排除了所谓"日中乌"的观念后，当然还不能直接断定"日"中圆点就一定是区别符号，因为它仍有可能是其他具体事物的简省形态。不过笔者认为，不论指出该圆点是何种具体事物的简省形态，其本质仍与"日中乌"的观点异曲同工。事实上，类似于"日中乌"的观点也不乏存在。如有学者根据左江岩画中祭日图像的观察研究，认为"日"字起源于祭日时"钻木柱于地面上的中日正投影图像记录下来的图像符号"，即"☉"的外围圆圈符号是俯视视角下的圆形"钻木柱"象形，而字形正中的圆点则是"柱根基"。① 这是一种较为特别的观点，原说似有一定道理，但用于解释"日"的造字理据却并不合理。

首先，文字的产生是一个由零开始的漫长过程，第一个文字的产生极可能与先民结绳记事等简单的刻符记号密切相关。而与人民生活密不可分的太阳是记录昼夜交替这种原始性时间观念的标志，这种重要的标识物被造成文字（或图画文字）的时间一定在文字萌芽的最初始时期，或者说它极有可能会是第一批成型的文字之一。那么，这个所谓"钻地立柱"以测定日影的先进天文观测技术，会不会早于第一批文字形成的时期呢？笔者认为这种可能性并不大，理由可从两方面来看。一方面，历史文献中最早的天文学内容是《尚书·尧典》中对于四时的记载，而在天文学考古上，一般把山西陶寺遗址所出的古观象台认为是当前已知最早的天文台。② 据研究，陶寺古观象台的天文功能主要是通过半圆台和狭缝的组合来观测日出的方向以确定季节③，与所谓"钻地立柱"之说大相径庭。因此，即使文字形成之初已经存在先进的观测日影技术，也无法证明"日"字的造字理据与测影技术有关。另一方面，类似陶寺观象台这般复杂的观象技术的

① 李远宁、黄春荣：《试论左江岩画中日芒星与祭日、祀日及"日"字的起源》，《学术论坛》，2009 年第 3 期。
② 李勇：《世界最早的天文观象台——陶寺观象台及其可能的观测年代》，《自然科学史研究》，2010 年第 3 期。
③ 武家璧、陈美东、刘次沅：《陶寺观象台遗址的天文功能与年代》，《中国科学·G 辑：物理学 力学 天文学》，2008 年第 9 期。

产生，涉及观象台的设计、观测数据的统计分析、观测结果的判定和记录等一系列复杂的高要求操作。我们很难想象在这些操作的执行过程中，可以完全不依赖于文字符号。这一点也可从陶寺观象台中所出"圭表"上的疑似刻度痕迹窥测一二。① 另外，有关左江岩画的所处时期，尽管学界观点不一，但仍有较多意见认为其大致是处于战国至东汉时期的，显然它的时代远不及殷商。因此说左江岩画中的太阳符号是"日"字初形的理据存在时间断层，而根据岩画所得出的所谓"日"像"钻木柱"的象形，甚或其表意形态是甲骨文前身等说法，都是完全立不住脚的。总而言之，把"日"字的象形解释为"钻地立柱"并不符合历史实际。

其次，像太阳这种重要的标识物，人们在造字之初定然是从最简单的思维出发，大概率会选取较为直观的象形绘画方式来表达。如画个圆圈人们能更快想到的圆形事物定然是跟自己生活息息相关的事物（如太阳），而不太可能是经过切割后的木材横截面这种不常见的事物。同样，以圆点表示一个并非直接目测可见的"柱根基"，其思维逻辑也极尽迂回。这种迂回曲折的造字思维，并不符合文字产生之初人们对文字需求具有直观性、易于理解性等现实。

有关"日"中圆点是其他事物象形（或象形简省）的观点，其实都存在上述情况，即思维的过度迂回曲折。种种迂回的解释，往往得出更为曲折的造字思维逻辑，这种复杂的

---

① 何驽：《山西襄汾陶寺城址中期王级大墓 IIM22 出土漆杆"圭尺"功能试探》，《自然科学史研究》，2009 年第 3 期。

思维逻辑，显然都与先民造字之初追求文字实用性的淳朴观念相去甚远。此外，过度的迂回联想，往往需要足够可靠的考古证据作为理论支撑，而在当前考古证据不足的前提下，将"日"中圆点视作区别符号的观点，显得更直截了当，也更符合汉字造字的思维习惯，因而它很可能才是更接近事实的。至少，在象形表意层面，"日"字作"●"形，其中的外廓圆框即太阳的轮廓象形是毋庸置疑的，这一点已被大汶口文化所见陶文刻符🜨、🜨证实。① 大汶口刻符中圆形符号一般公认为太阳象形，且其中并无圆点标记，由此或可推测，"日"字最初形成之际只是一个简单的圆形，但由于自然界中圆形之物太多，容易引起误解，因而在记录"日"的时候往往需要像大汶口刻符一样，在字形圆圈之下附注山峰状等特殊的环境描写以示区别。久而久之，人们意识到区别的重要性，同时为了更简便地书写，这才渐渐产生了在"○"形符号中加注圆点或横笔等区别符号的做法。

第二节 "日"的本义和引申义

综合上述分析，我们姑且可以认为"日"的造字理据确实是以太阳的象形为基础的。那么，这个太阳的象形又是怎么与时间观念产生联系的呢？我们凭什么认为表示太阳的象形字符"●"是原始时间观念的萌芽呢？

---

① 李学勤：《论新出大汶口文化陶器符号》，《文物》，1987 年第 12 期。

"日"作为象形字的性质，早已是学界毋庸置疑的结论。就象形字的造字意图而言，"日"的本义就是太阳。但太阳是一个客观存在的自然物，它本身并不直接与"时间"这个抽象概念相关联。因此，我们谈论"日"与原始时间观念的联系，其实就是讨论"日"这个字形符号的词义是如何表达与时间相关的含义的问题。

在《汉语大字典》中，"日"的第一个义项就是"太阳"，这是它的本义。我们知道，一个字的本义是指在造字之初与其构形理据相符合的最原始含义，即该字符形体在结构上所表达的直接含义，我们可称之为字的形体意义，或简称为字形义、字义。与字形义相对的有字的引申义、假借义等，多种的意义成就了汉字一字多义的性质。尽管一个字总是具有多种含义，但在我们的实际语言应用中，如要使用某个具体的字，往往只会提取该字的某一种意义。这种在实际语言应用中被提取的意义，我们可称之为字的语境义、词汇义，或简称为词义。① 字的意义一旦产生，大多数情况下不会是一成不变的，它需要参与实际语言应用以表达一个具体的语流含义，因此它势必会随着语言的演变而发生变化（如词义扩大、缩小、转移等）。这种演变没有特定的规律，它和人类的具体生活情况密切关联。可能一个字自本义产生以来，人们

---

① 古代汉语以单音节词为主，即一个词汇往往只用一个汉字表示（如"妻子"只用"妻"表示、"老虎"只用"虎"表示等），故而提到词义更容易使人联想到现代汉语中的双音节或多音节词语，反而忽略了单个汉字也可以是一个词、单个汉字也应当有其词义等情况，当引起注意。

始终只使用它的本义，而没有为它发展出其他引申义或假借义；也可能一个字刚生出本义没多久，就被假借或引申为另一个含义，本义反而不再被人问津。总而言之，当字的词义发展到一定程度后，往往就会造成其本义未必是其常用义的情况。"日"字就是一个很好的例子。在古籍文献中，"日"字用来表示其本义的情况有《孟子·万章上》中"天无二日，民无二王"①、《列子·汤问》中"日初出，大如车盖"② 等，这都是明白地用"日"指称太阳的情况，但这种情况并不算多见。相比之下，字典中"日"的第二个义项"昼，白天"，第三个义项"地球自转一周的时间；一昼夜"，在文献中的使用频率远远超出其本义。如《诗经·唐风·葛生》有"夏之日，冬之夜"③，这里的"日"就是指白天；《尚书·洪范》有"五纪：一曰岁，二曰月，三曰日，四曰星辰，五曰历数"④，这里的"日"指的是一昼夜、一天。

造成"日"字意义这种分化和使用状况的原因并不难分析。尽管太阳与先民生活密切相关，但它终究是远在天边的自然物，人们在日常生活话语中并没有太多机会单独提到这个神秘的天体，比如我们不会总去讨论"太阳怎样""太阳如何"之类的话题。因此，一般文献中用"日"字来表示"太阳"的情况相对它的其他引申义而言，往往少得多。但人们

---

① 方勇：《孟子》，北京：中华书局，2010 年，第 179 页。
② 叶蓓卿：《列子》，北京：中华书局，2011 年，第 131 页。
③ 刘毓庆、李蹊：《诗经》，北京：中华书局，2011 年，第 301 页。
④ 王世舜、王翠叶：《尚书》，北京：中华书局，2012 年，第 148 页。

不常直接提起太阳的话题，不表示人们远离它，因为它终究是人类赖以生存的所在。世间万物，能与太阳产生关联者不计其数，尤其对于重视农业的先民而言，太阳可说是农业活动的中心。而它之所以如此重要，正是因为当时的人们发现可以利用对太阳的观测确定农耕时节。于是，即使不关注太阳本身，人们也不得不关注太阳为人们带来的时令信息。

其实，当人们意识到太阳可以用于度量时间的那一刻起，太阳，或说表示太阳之义的"日"字，它的存在就已经不再只是一个发光发热的自然物，而是一把能衡量抽象时间的刻度尺。这时，"日"的词义已经发生了变化，它的词义指向不再只是太阳这个具体物象，而是同时包括一个抽象概念——太阳存在于天空的时段。也就是说，书写一个"日"，表达的意义不再只是"出了太阳""有太阳""太阳很大"之类的含义，它可能还用于表示"（此时）是（本该）有太阳的时刻"，即"白天"；表示"（这一整个）（本该）有太阳的时段"，即"一天"。如此，"日"的含义就发展为如图 1 - 1 所示（日^{1}表"白天"，日^{2}表"一天"）：

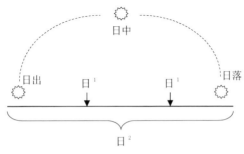

图 1 - 1　"日"的含义示意图（一）

"日¹"和"日²"作为引申义，变成了"日"的常用义。在语言文字演变过程中，随着某字的某个词义变成常用义而其本义的使用率较低或已经消失于当时的语言中，则该字的本义就很难被后世追溯，甚至永远追溯不到。所幸的是，尽管"日"字的第二、三义项比第一义项更为常用，但其本义却并未被常用义完全掩盖，其中最主要的原因就在于它用来表示时间的引申义与其本义之间有着无法割裂的联系，即"太阳"与"时间"的联系，也就是我们这里主要讨论的"日"与"时间"的联系。这种联系不能仅基于语言文字演变的本体理论进行推测，还需要更多具体的实例加以佐证。而这些具体实例，可以到与"日"相关的上古文献语言中去寻求。

第三节　义符"日"与殷商时间观念

甲骨文是已知最早的成体系的汉语文字，甲骨文中的单字"日"以及偏旁"日"是语言文字层面中所能找到的最早的有关义符"日"的实例。我们若能立足于文字学理论，追寻到甲骨文中义符"日"的构形含义与时间概念相关联的痕迹，就可说明至少在上古殷商时期，语言文字中的"日"与当时的时间观念具有密切关联。

甲骨文"日"字的造字理据前文已论，此不赘述。确定"日"的本义是太阳，而太阳又是观测时间的工具，则"日"字本身与时间之间就有了相互关联的极大可能。下文我们将从构字理据的角度对一批偏旁含"日"的甲骨文进行逐一分析，以确定这些字的义符均为"日"，且它们整字的含义都与时间密不可分。

一、旦

前文提到大汶口文化时期的陶器上所出现的 、 二刻符，该刻符形体上类似于汉字"旦"，字体形状如日出于山间，其构形确与"旦"的造字意图近似。"旦"字的甲骨文和金文字形如表 1-1 所示：

表 1-1 "旦"字的甲骨文和金文字形

甲骨文	▢ (《合集》 1074 正)	▢ (《合集》 29773)	▢ (《屯南》 42)	▢ (《合集》 34601)
金 文	▢ (此鼎)	▢ (扬簋)	▢ (大师虘簋)	▢ (大师虘盨)

从上面的各字形结构来看，其中带有圆点或短横笔的圆框和方框就是"日"的象形，即太阳，说明这些字与太阳之义相关。《说文·旦部》云："旦，明也。从日见一上。一，地也。"[1] 许慎的意见很明确，意即"旦"字的下半部结构为"一"，是指地平线，而字形整体所表示的就是日出于地平线，即日出的意思。当前对于"旦"字的一般解释也多是依据《说文》的观点。但是我们仔细观察表 1-1 中的古文字形体

---

① 许慎：《说文解字》，北京：中华书局，1963 年，第 140 页。

后，就会发现"旦"中"日"形下部（或上部）的结构其实与"一"形相去甚远。甲骨文中有用"一"表地平线、地面之义的情况，如甲骨文"至"写作" "，其中字形最底部的横线即是地面，其上部为箭头朝下的箭矢之"矢"，以"矢着地"表示到、至的意思。而"旦"字下部甲骨文的圆框或方框结构、金文的实心圆块或方块，在形体上与" "中的横笔毫不相类，故其极大可能并非指所谓地平线。① 另外还有一种说法认为，"旦"之字形下部其实是日影，整字属会意，字义表达的是太阳初升之时尚未完全离开地面，故有阴影跟随的情况。② 按此说法，则"旦"字是一个会意字。但此说不仅缺乏进一步的证据支撑，且从字形上仍可看出明显的破绽。如表 1－1 金文字形中，虽然第一个形体看似确如日下有阴影黏连之状，但第二个形体中的所谓黏连阴影却处于日之上，显然这是有悖于"旦"为日影说之逻辑的。

　　上述对于"旦"的解释多根据形体结构进行推测，缺乏语言文字内在的逻辑证据支撑，不足为信。有关"旦"的构字理据，文字研究者从语言学角度为我们提供了更符合实际的回答，那就是"旦"其实是个从日、丁声的形声字。该说

---

① 一方面，甲骨文字符用横线表示地平线的情况并不罕见，但并无以圆框或方框的形态表地面的情况。另一方面，甲骨文中"至""旦"二字是同时存在的（如下文所举"旦"用于甲骨文《合集》29272 及《屯南》42 中的例句），因此"至"中的横线与"旦"中的圆框或方框不太可能是表示同样含义的构形符号（形态差异较大），而从甲骨的刻写便利而言，既然已经有更便于刻写的横线来表示地面，则不该出现使用难于刻写的圆框或方框同时表示地面之义的情况。
② 左民安：《汉字例话》，北京：中国青年出版社，1984 年，第 267 页。

见于于省吾的考释:

> 金文旦字作 、 等形,古文虚框与填实同,契文下不填实者,契刻之便也。其上从日或无点者,文之省也。惟契文二体分离,金文多上下相连……契文旦字当系从日丁声,丁旦双声,并端母字。契文丁字作 ,与旦字下从之虚框形同。契文旦亦作 ,下从 ,中有小横,乃变体也……旦与昌初本同名,后以用各有当,因而歧化。然《说文》籀文昌下从丁,犹可溯其形。昌当为声训,昌又通党说,犹可溯其音。昌训光,犹可溯其义。①

该考释不仅解答了"旦"在字形结构上的理据性,而且符合语言文字发展的实际,故而获得了学界较为广泛的认可。总之,"旦"以"日"为义符的结论是不容置疑的。而"旦"在甲骨文中用以表示时间(指旦夕之旦)的例子也很明确:

[1] 旦至于昃不雨。　　　　　　　　《合集》29272

[2] 其雨。旦不雨。　　　　　　　　《合集》29779

[3] 于翌日旦大雨。　　　　　　　　《合集》41308

[4] 自旦至食日不雨。　　　　　　　　《屯南》42

例[1]和[4]中的"旦"分别与时间词"昃""食日"对举,由此可知,"旦"确以"日"为义符且其整字是个用以表示时间含义的词。

---

① 于省吾:《释昌》,《双剑誃殷契骈枝 双剑誃殷契骈枝续编 双剑誃殷契骈枝三编》,北京:中华书局,2009 年,第 247—248 页。

二、朝

甲骨文"朝"的字形结构属于会意，字形中包含日、月、草等结构，会意为日、月并见于草木之间。这是清晨日初出而残月尚挂在天空当中的情景，是清晨时分才有的画面，所以"朝"指的就是清晨这一时段。"朝"字各时期古文字形如下：

甲骨文　　　　金文　　　　楚简

罗振玉考释"朝"云：

> 此朝暮之朝字，日已出艸中，而月犹未没，是朝也。古金文省从𣎴，后世篆文从倝、舟声，形失而义晦矣。古金文作 𣊱 、 𣊱 ，从 𣊱 省，从 𠃬、川，象百川之接于海，乃潮汐之专字。引申为朝庙字。①

罗氏的考释符合古文字"朝"的结体理据，且该构字理据符合"朝"在文献中的实际用法。卜辞中"朝"有三见：

［5］丙寅卜，狄贞：盂田其遘戠，朝有雨。《合集》29092

［6］癸丑卜，行贞：翌甲寅毓祖［乙］岁朝彫。兹用。贞莫彫。　　　　　　　　　　　　　《合集》23148

［7］贞：旬无𡆥，在朝。　　　　　　《合集》33130

前两例均表时间，例［6］"朝"与"莫（暮）"对举，是其表时间的有力证明。例［7］则是表地名，当属假借。

---

① 罗振玉：《殷虚书契考释三种》，北京：中华书局，2006 年，第 395 页。

金文中的"朝"字不从"月"而从"水"。① 有一种意见认为这是由于"朝"常用以表"潮汐"之"潮",它是"潮"的最初形体,故其字形从"水"。② 但其实我们仍能在金文中找到"朝"字不从"水"而从"月"的例证,如金文中有一"廟"字写如下形:

塱方鼎

"廟"从"朝",而此"朝"从"月",这是"朝"字偏旁本从"月"的铁证。因此,"朝"字在铜器铭文中仍是以"朝夕"一词表示"早晚"之意为多。到简帛文字中,"朝"的形体又写作从"舟"形,有学者认为此"舟"是由金文的"川(水)"形声化而来。③ "朝"的写法由古至今产生了较大的变化,古文典籍中的"朝"其实常写作"𣆚",如《说文》就并未收录"朝",而是收录了"𣆚",解释为:"旦也。从倝、舟声。"④ 但通过对"朝"字形体的溯源可知,现代简体字中的"朝"是最接近"朝"字最初形态的,许慎所说的"从倝、舟声"反而不准确,因为"朝"最初是一个会意字,

---

① 早期古文字中"月"与"夕"同,二者均为早期用作表示时间的主要义符单位,有关"月""夕"作为义符与表示时间含义的关联情况详见第二章。

② 林义光:《文源》,上海:中西书局,2012年,第265页。

③ 张静:《郭店楚简中的变形音化现象》,《汉字研究》第一辑,北京:学苑出版社,2005年,第545—546页。

④ 许慎:《说文解字》,北京:中华书局,1963年,第140页。

"舟"非声符，而是文字演变过程中偏旁结构变形的结果。但无论如何，"朝"以"日"为义符，且在最初的甲骨文和金文中都用来表示时间，这一点是毋庸置疑的。

三、昼

该字繁体作"晝"。其甲骨文字形为：

甲骨文

宋镇豪考释"昼"云：

　　是时间专字。　　即昼，字从又（手）持　　，从日，它是个象意字，　　指立木，　　或即《史记·司马穰苴列传》《索隐》"立木为表以视日影"之意。　　的本意或是立木测度日影以定时辰，后来又专门用以表时。甲骨文"今日"与"昼"对文，知昼是特定时间，而不是泛指白天。……因测度日影恒行于日中，所以成了日中时分的专字。①

"昼"字在《说文·畫部》中被解释为："昼，日之出入，与夜为界。从畫省、从日。"② 意谓太阳一出一入之间的时段即为"昼"，这是与"夜"相对的。甲骨文中的"昼"即表"白昼"，如：

　　[8]□□卜，大［贞］：……舌于父丁……今昼……

《合集》22942

① 宋镇豪：《释督昼》，《甲骨文与殷商史》第三辑，上海：上海古籍出版社，1991年，第34—49页。

② 许慎：《说文解字》，北京：中华书局，1963年，第65页。

"今昼"即此昼、当日之义。卜辞中类似"今昼"这样用以表示时间含义的词还有"今日""今夕""今春"等，可证"昼"在甲骨文中用以表时间是可信的。

四、昃

从其甲骨文和金文的形体来看，该字所表达的意思是太阳照射到人体上所呈现出的人影倾斜之状。如表1－2所示：

表1－2　"昃"字的甲骨文和金文字形

甲骨文	（《合集》20470）	（《合集》20957）	（《合集》29801）	（《合集》29793）
金　文	（滕侯昃戈）	（滕侯昃戈）		

一天中能呈现出"昃"字形体所表现的这种人影倾斜景象的，正是太阳从天际正中运行至偏侧的这一段时间，因此，"昃"字所表示的就是太阳将要西下前的这一时段，即太阳偏西时分。罗振玉释"昃"道：

> 从日在人侧，象日厢之形，即《说文》之厢。徐铉云今俗别作昃，非是。今以卜辞证之，作昃者，正是厢之古文矣。[1]

《说文·日部》："昃，日在西方时，侧也。从日、仄声。"[2]

---

[1] 罗振玉：《殷虚书契考释三种》，北京：中华书局，2006年，第395页。
[2] 许慎：《说文解字》，北京：中华书局，1963年，第138页。

许慎说"昃"从"仄"声，是个形声字，但其实从上述古文字字形可知，"昃"的下部本非"仄"，而是"矢"（与仄音同）。古文字中，"矢"就是一个正立面两手伸开的人形，但这个人形与常规的人形略有不同。其字形如表 1-3 所示：

表 1-3　"矢"字的甲骨文和金文字形

甲骨文		
	（《合集》14128）	（《合集》31241）
金　文		
	（散伯簋）	

在甲骨文中，这个人形"矢"不是立正的，而是倾斜的，尤其人形头部更有明显的歪斜之状。而在金文中，该人形的头部被特意延长斜出以示其倾斜之义。从现代汉字来看，"昃"是形声字，从日、仄声，但追溯到上古时期，我们才知道它其实是一个会意字。且在此意义上，可以追溯到"昃"与"侧"极有可能属于同源关系。

综上可知，"昃"会意日头偏西时分人影倾斜之义，它在卜辞中用为本义，是时间词，示例如下：

[9] 王占曰：有祟。八日庚戌有各云自东冒母，昃亦有虹自北歔于〔河〕。　　　　　　　　　　《合集》10406 反

[10] 丁酉卜，今二日雨。余曰戊雨，昃允雨自西。

《合集》20965

[11] 昃至聟不雨。 　　　　　　　　《合集》29793

[12] 叀昃酚。 　　　　　　　　　　《合集》30835

其中例［9］［10］［11］均指占卜气象问题时有关时间的描述，例［11］中"昃"与时间词"聟"对举可证。① 例［12］则是卜辞中"时间词+祭祀词"的常例，如"夕裸""莫岁"等，其中的"裸""岁"均为祭祀词，对应而言，类似结构中的祭祀词前亦多为时间词。

五、莫

与"朝"相对，"莫（暮）"自然也是与太阳所表示的时间有关的字。日升为"朝"，日落即为"莫（暮）"。"莫（暮）"字甲骨文、金文文字形如表 1-4 所示：

表 1-4 　"莫"字的甲骨文和金文字形

甲骨文								
金　文								

"莫"的甲骨文字形结构变化较多，但多含有木（或草）、日等构件。其字形所表达的意思是太阳没入林木之间，即日暮

---

① "聟"与"聟分"同义，"聟"字过去释为"郭"，现也有释为"埔"的意见。该字作为时间词，是指昃时之后，黄昏之前的一段时间。详参赵诚：《甲骨文简明词典——卜辞分类读本》，北京：中华书局，1988 年，第 261 页。

时分。从语源关系上来看，"暮"是其最初的字义，但其最初字形应该隶定为"莫"才更符合实际。"莫"字的甲骨文从日、从林，是日落于树林之下的会意（"暮"是后起字，增加了一个重复的"日"作为义符）。古文字"莫"中的"林"旁时而繁化为二林，时而简化作二屮（即草）或三屮、四屮，甚至还有二禾等变化，这是上古时期文字结体形式尚未形成定式的痕迹。《说文·茻部》："莫，日且冥也。从日在茻中。"① 直到西周以后，"莫"字的结构才因为文字声符化的趋势逐渐固定为从"茻"。"茻"是四个"屮"，表示多草之义，它同时也是"莫"的声符，"莫"与"茻"的古音是相近可通的。一般认为"暮"是"莫"的本义（即其字形最初所表达的含义），这从"莫"的古文字形体中可得到证明。"莫"以"日"为义符是昭然若揭的事实，且它在甲骨卜辞中作为时间词的用法也很明确：

　　［13］□□卜，祖丁莫岁二牢王受［佑］。　《合集》27274
　　［14］丙午卜，行贞：翌丁未父丁莫岁牛。　《合集》23207
　　［15］莫往不冓雨。｜王其夙入不冓雨。　　《合补》9535

　　例［13］［14］"莫岁+祭牲"的用法似难看出其中"莫"表时间，但卜辞中常见与"莫岁+祭牲"相似的"夕岁+祭牲"的用法，如《屯南》1031 辞作："癸酉卜，父甲夕岁叀牡。兹用。""莫""夕"处于同一结构同一语法位置，故［13］［14］二例之"莫"也确表时间无疑。例［15］则是"莫"与"夙"对举，清楚地显示出它是用以表时间之词。

---

① 许慎：《说文解字》，北京：中华书局，1963 年，第 27 页。

六、昏

"昏"字古文字形体有两种，具体如表 1 - 5 所示：

表 1 - 5 "昏"字的甲骨文字形

甲骨文			
	(《合集》23520 出组)	(《合集》29328 何组)	(《合集》29794 无名组)

第二、三个字形""，都是从日、从氏，其中的"氏"为"氏"的本字。而"氏"字在《正字通》中被解释为"止、下"，因此一般认为""可解释为日下，即"黄昏"之"昏"。在甲骨文中另有一个形体为""的字，裘锡圭考释云：

> 陈邦怀认为象人浴于温水之中，当即"温"字，可信。字从日，温声。从辞例来看，此字形应该是用来表示一天中的某个时段，应该是"昏"字的异体。①

""与""同为甲骨文的"昏"字，二者形体上迥异，主要是由于它们所处的甲骨文组类不同②，""形仅见

---

① 裘锡圭：《殷墟甲骨文"彗"字补说》，《华学》第二辑，广州：中山大学出版社，1996 年，第 33—38 页。

② 组类为甲骨文的一种分类方式。董作宾最初按照商王世系顺序将甲骨文断为五个时期，即"五期分期法"，此后，董氏又提出卜辞可根据同版材料中可见的占卜人物名进行系联分类。陈梦家在此基础上，将占卜人物称为"贞人"，并对卜辞中所见贞人名进行了同版系联，最终分出诸个组别，这就是"贞人分组"说。因贞人所处的时代不同，故不同组别的卜辞也会由于这个时间差而产生字形上的差异。当然，随着研究的发展，李学勤、林沄等学者还提出了根据字形特征对卜辞进行分类的"字形分类"说。时代分期、贞人分组、字形分类，均为甲骨文分类研究中的重要阶段。

于甲骨第二期出组当中，应属该组类的特定写法。

"昏"以"日"为义符，甲骨文中用以表时间之义：

［16］今日辛至昏雨。　　　　　　　　《合集》29328

［17］今日庚湄日至昏其［雨］。　　　　《合集》29907

［18］章兮至昏不雨。　　　　　　　　《合集》29794

其中例［16］"昏"与时间词"今日辛"对举，例［17］"昏"与时间词"湄日"对举，例［18］"昏"与时间词"章兮"对举，都足以证明"昏"为时间词无疑。

七、晻

此字古同"暗"，即黑暗之"暗"，其古文字形体为：

甲骨文

裘锡圭认为此为"从日、合声之字，疑即'晻'之古字"①。《说文·日部》："晻，不明也。从日、奄声。"② 许慎的解释，看不出该字的词义与时间有所关联，宋镇豪认为其"是记时之字"③，黄天树据《广雅·释诂四》中"晻，冥也"的解释，认为"晻"字"大约是指日入天黑的时候"④。"晻"

---

① 裘锡圭：《释"杳"》，《古文字论集》，北京：中华书局，1992 年，第42—44 页。

② 许慎：《说文解字》，北京：中华书局，1963 年，第 138 页。

③ 宋镇豪：《试论殷代的纪时制度——兼谈中国古代分段纪时制》，《考古学研究》第五辑，北京：科学出版社，2003 年，第 398—423 页。

④ 黄天树：《殷墟甲骨文所见夜间时称考》，《黄天树古文字论集》，北京：学苑出版社，2006 年，第 178—193 页。

字结构中的"合"字甲骨文作""，下为"口"，表口朝上的一种盛物器皿；上为倒置的"口"，其实指口朝下的盖状物，一皿一盖，合为一个"合（盒）"字。"晻"字字形或可解读为"日"置"合"中，因而有暗日之义。由此也可认为"晻"中之"合"是形声兼表意的作用。"晻"在卜辞中的辞例有：

［19］其晻酚。　　　　　　　《合集》30956

这又是卜辞中常见的"时间词+祭祀词"的用法，上引例［6］中的"朝酚""莫酚"和例［13］［14］中的"莫岁"均属此类。由此可证此处例［19］中的"晻"亦当属时间词，其中"日"为义符无疑。

八、昔

《说文·日部》谓"昔"为"干肉也。从残肉，日以晞之，与俎同意"①。《汉语大字典》中"昔"字的第一个义项也是"干肉"，可见这是采取了《说文》的意见。事实上，"昔"字表"干肉"的意思，最早就出自《说文》，但许慎对这个字的解释其实是值得商榷的。所谓的"干肉"，其实是"腊"字的本义。而有关"昔"的本义，我们可以根据它的古文字演变情况来作进一步理解：

| 甲骨文 | | | 金文 | | 简帛文 | 小篆 |

———————

① 许慎：《说文解字》，北京：中华书局，1963 年，第 139 页。

"昔"的古文字形体会意，表洪水泛滥之形。上古时期洪水为患，故以水灾的会意表达追忆往昔之义。叶玉森考释云：

> 从〻〻三，乃象洪水，即古巛字。从日，古人殆不忘洪水之巛，故制"昔"字，取谊于洪水之日。[①]

从字形可知，"昔"字在甲骨文中从日、从巛。"巛"字读如"川"，《说文·川部》云："巛，害也。从一雝川。"[②]可见"昔"字从"巛"与"灾"或许有着密切的关系。甲骨文"昔"字是"水"形与"日"形的组合，学界一般同意叶玉森的考释，认为该字的造字本义体现了先民对上古时期洪水泛滥时期的记忆。洪荒时代属于过去的事，故以此来表示"昔日"之"昔"。"巛"其实也是"昔"的声符，"巛"字古音与"昔"字古音相近，可以互通。而"腊"字，则是后起派生字，成为表"干肉"之义的专字，与"昔"不同。

卜辞中"昔"用于表昔日之义的情况如下：

［20］……贞：昔乙酉，莆旆……　　　　　《合集》302

［21］□□〔卜〕，贞：昔乙卯武裸……　《合集》36317

［22］……昔我旧臣……　　　　　　　　《合集》39720

卜辞中常见"今日+干支""今+干支""翌日+干支""翌+干支"等用法，例［20］［21］的"昔+干支"亦属同类构造，"昔"确是时间词，其中"日"为义符。

---

① 叶玉森：《说契》，《甲骨文研究资料汇编》，北京：国家图书馆出版社，2008年，第613—622页。

② 许慎：《说文解字》，北京：中华书局，1963年，第239页。

九、督

此字甲骨文形体写作：

甲骨文

于省吾释该字为"督"，但认为其字从"日"不从"目"。姚孝遂认可其说，并认为该字在卜辞中用为祭名。[①] 不过也有学者对此提出了不同的看法，如刘桓考释"督"云：

> 字的下端从日，∴是日光，或可省略，其意不变。字的上端，则象以手持杆立于土上之形。又（手）偶可省去，显然，这是个会意字，表示是在测量日影。……从古文字学角度说，字当释为"时"。……卜辞时字表示以表测日景……《尔雅·释诂》说："时，是也。"《广韵》同。恰与字形所示之义相合。是者，此也。时既表示以表测日景，那它自然表示的是当时的时间，犹言"现在"。[②]

笔者认为刘桓的考释具有一定参考价值，至少在对应卜辞里，该字用表时间之义确实更加符合实际。卜辞"督"字共六见，除辞例残缺者，余下四例用法如下：

[23] 叀督酌□三十，在宗父甲。　　　　《合集》30365

---

① 于省吾：《甲骨文字诂林》，姚孝遂按语编撰，北京：中华书局，1996年，第1109页。

② 刘桓：《古代文字研究（续篇）》，《内蒙古大学学报（哲学社会科学版）》，1980年第4期。

［24］贞：奉叀督酌。　　　　　　《合集》30599

［25］叀督酌。　　　　　　　　　《合集》30893

［26］叀督酌。　　　　　　　　　《合集》30894

上诸辞例结构都是前文所说的卜辞中"时间词＋祭祀词"的常例，其中"督"字用以表时间无疑。虽然该字中的"日"旁暂时无法证实确为刘桓所说的"测量日影"之义，但其毫无疑问当是一个与太阳有关的表示时间之义的义符。

十、春

"春"字的甲骨文字形从一木（中）、二木（中）、三木（中）不等，草木间有"日"为义符，整字表草木于日间生长，该时节即春天。其中的构件"𝈤"既象草木生长之形，又作为声符表音。"春"字甲骨文形体如下：

甲骨文

从字形结构来看，甲骨文"春"为会意字，但对于其字形的解释，过去也曾有过较长一段时间的争论。在经历过王襄释为"楙"、唐兰释为"椿"等后①，于省吾释出其中构件𝈤为"屯"字初文，进而认定该字为《说文》"萅"字，获得学界一致认可。于先生的观点为："甲骨文今屯、来屯屡见，是有时亦以屯为春。《说文》：'萅，推也，从艸从日，艸春时

① 于省吾：《甲骨文字诂林》，姚孝遂按语编撰，北京：中华书局，1996年，第1387页。

生也，屯声。'暮字隶变作春。"①

卜辞中"春"字用以表时间的辞例有：

[27] 戊寅卜，争贞：今春众出工。十一月。 《合集》18

[28] 乙亥卜，争贞：今春王［出］田，若。《合集》649

[29] 丁酉卜，争贞：今春王勿黍。 《合集》9518

其中"今春"与卜辞中"今秋""今岁"等词结构相同，此是"春"作为时间词的确证。殷商时期仅有"春秋"而无"冬夏"，此为学界共识。

第四节 义符"日"与原始白昼观

通过上述例证，我们足以确定殷商时期以"日"为义符的一批字绝大多数都是用于表示时间的。但如前所述，从《汉语大字典》的义项来看，用"日"表时间的情况其实包含两种：一是白昼、白天，二是一昼夜、一天。那甲骨文中的"日"所表示的时间具体是哪一种呢？对此我们作了一个初步的调查，在甲骨卜辞中，"日"主要有以下几种较为公认的词义：

① 太阳。贞：日有食。(《合集》11480) ｜ 翌庚寅易日。(《合集》1210)

② 白天。贞：日雨。(《合补》3514)

③ 一日。辛丑卜，亘贞：今日其雨。(《合集》511)

---

① 于省吾：《甲骨文字释林》，北京：中华书局，1979 年，第 1—2 页。

④ 祭祀。丙子卜，臥贞：王宾日叙无文（肴）。(《合集》25247)①

据初步数据统计，卜辞中所见"日"字总计四千多条，其中词义①有 600 余例，词义②仅有数例，词义④约有 200 例，除此之外，其他几乎都属词义③的用法。词义②和③都是表示时间的，足见早在殷商时期，"日"字表时间的用法已成为名副其实的主流。但从该数据来看，甲骨文中的"日"并不常用于表示明确的"白天"之义，而更多是用来表示"一昼夜、一天"的含义。

有关这一点，其实是有一定商榷余地的。在现代汉语中，"日"用于表示"一天"的含义时，它所指称的时间段很显然是指当日凌晨 0 点至 24 点这一整日的时间（即 24 小时），但在上古殷商时期，是否也存在这种严密而完整的时段概念呢？笔者认为答案未必是肯定的。

首先，在卜辞中，上述词义③的辞例除了用"今日"外，其他主要的构词形态还有"之日""兹日""数+日"（此处的数包括"二""三""四""五"等基数）等，在这些用法中，"今日""之日""兹日"均是指示当日或某个特定日的情况，而"数+日"的情况较为特殊，需要单独说明。"数+日"的形式卜辞中常见，如：

---

① 例句中"日"的词义，赵诚认为指太阳神，所谓"宾日"，是指对太阳神实行宾祭。详参赵诚：《甲骨文简明词典——卜辞分类读本》，北京：中华书局，1988 年，第 4 页。

[30] 丁酉卜，今二日雨。余曰：戊雨，昃允雨自西。

《合集》20965

在此例中，考虑到殷商时代采用干支纪日法，其中的"二日"不能按照现今记录月份的词"二号"来解释，故该"二日"只可以有两种理解，即"两日"和"第二日"。管燮初曾提出卜辞中"只有在月份和年份前后的数词是序数，其他都是基数"① 的观点，据此则"二日"会被释为"两日"。但若按此释读，则是默认"二"是作定语置于名词前用以修饰"日"的数量。这又涉及上古汉语数词用作定语修饰名词时，数词的位置是否如现代汉语一样习惯置于名词之前的问题。该问题过去曾引起学者的诸多讨论。有的认为数词既可在前亦可在后，如管燮初认为甲骨文中当数词修饰名词时，修饰语在中心语之前和之后的情况是兼有的。② 郭锡良认为甲骨文中数词修饰名词既可前置又可后置。③ 张玉金也认为甲骨文中名词与数词定语之间的结构关系比较松散，数词在修饰名词时所处的位置既可在名词前也可在名词后。④ 但亦有学者提出数词在后的情况更为常见，如王力认可数词在前、在后两种情况都见于古汉语中，同时指出先秦时代当数词带单位

---

① 管燮初：《殷虚甲骨刻辞的语法研究》，北京：中国科学院，1953 年，第 34 页。
② 管燮初：《殷虚甲骨刻辞的语法研究》，北京：中国科学院，1953 年，第 25 页。
③ 郭锡良：《远古汉语的句法结构》，《古汉语研究》，1994 年第 S1 期。
④ 张玉金：《甲骨文语法学》，上海：学林出版社，2001 年，第 17—18 页。

词时，位置是处于名词之后的。① 黄载君则发现甲骨文和金文中最初用数词表名词数量时，数词往往置于名词之后，置于之前者不常见。② 姚振武则直接表示：“整个上古时期一直是‘名+数+量’占绝对优势地位。”③ 据考察，卜辞语言实际情况为：数词作为定语修饰名词时，更多情况下是置于名词之后的，处于名词之前的情况则少得多。故后几位学者的意见似更贴近卜辞的实际情况。因此，上文例［30］中的“二日”释作“两日”是值得商榷的。笔者认为，该“二日”当释作“第二日”，其中“二”字当是序数词，而非基数词。此观点张玉金亦有提出，他认为卜辞中序数词与基数词都用数字词表示，而数字用在“日”“月”等词前表示第几日、第几个月之义。④ 据此，可将例［30］中的“二日”释作“第二日”“第二个日”等，故“数+日”中的“数”是序数词，指的是“第几个日”。

据此，则“今日”“之日”“兹日”“数+日”等用“日”表示时间的用法都可认为是指某个特定的日（而非多数个日），而这些特定的日，笔者认为既可以认为是指包含夜晚在内的一整个 24 小时，也可以认为是指特定的白天。结合当时商代人的时间观念水平，或许后者才是最恰当的答案。为什

① 王力：《汉语史稿》，北京：中华书局，2004 年，第 279 页。
② 黄载君：《从甲文、金文量词的应用，考察汉语量词的起源与发展》，《中国语文》，1964 年第 6 期。
③ 姚振武：《上古汉语语法史》，上海：上海古籍出版社，2015 年，第 158 页。
④ 张玉金：《甲骨文语法学》，上海：学林出版社，2001 年，第 16 页。

么这么说呢？因为商代并未出现后世以十二地支切分一天当中具体时间节点的纪时法。而在未出现具体时辰纪时法的情况下，人们提到"日"其实仍旧是以出现（或本该出现）太阳的时段作为"日"所指称的时间段对象，并不会有意识地包含夜晚（至于具体的夜晚，则又有其他特定的词表示，如"夕"等）的时段。我们可再次引用前文的示意图来对"日"的词义进行说明，这次，我们在两个日^{2}之间加入一个"夜晚"。

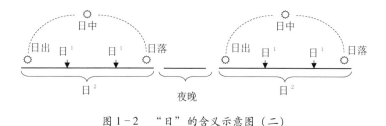

图 1-2　"日"的含义示意图（二）

如图 1-2 所示，这里的日^{2}仍旧是"一整日、一日"的含义，但其实不必强行将"夜晚"纳入日^{2}所指示的时段之内，它也可以脱离于这个时段之外（如以"夕"专指该时段）。如此，这时的日^{2}就等于日^{1}了，则"日"在表示时间的意义上，其实可以归纳总结为一个义项，即"白昼"或"太阳（本该）存在的那整个时段"。如例〔30〕中的"二日雨"，所表达的含义是"第二个日出现的时候会下雨"，而在逻辑上，要符合"第二日雨"的情况，其实主要就是指第二日的白天会下雨，而不会管第二日的晚上会不会下雨，这从该例的后半句"昃允雨"可知。"昃"指下午夕阳西斜时分，这仍旧在白日的范围内，故此"昃允雨"作为验辞，明确指出现实中的下雨情况应验了前句所占问的"二日雨"。另外，"今日雨""今夕雨"是非常常见的卜雨辞，若"日"已经包含了夜晚的意思，就不会再重复地频繁出现具体贞卜"今夕雨"的情况，这是不符合行为逻辑的。

综上所述，尽管在现代汉语中"日"表"一天"的含义时，主要指的是"一昼夜"，其中的时段包含了"夜晚"，但在上古殷商时期，时人对"昼夜"的概念区分得较为明晰，即以"日"表白昼，以"夕"表夜晚。目前尚无证据表明当时已经开始用"日"表示"一昼夜"的含义。因此，根据"日"的本义为太阳可进一步推断，殷商时期的"日"用于表示时间时，仍旧是以表示白昼为主。而卜辞中大量以"日"为义符的表时间的字，正是上古殷商时期人们对于"白昼"认知的一种直接体现。

第二章

原始时间观念的萌芽（下）：

"夕"类字与原始黑夜观

在最早的文字记载中，表达与"日"之白昼观念相反的黑夜概念时，使用的文字是"夕"。《说文》中，"夕"字的小篆形体保留了象形形态作"☽"形，它是一个近似"月亮"的象形字，该字在最早的殷商甲骨文中正与"月亮"之"月"的"☽"同形。在对"夕"字与原始黑夜观之间的关联展开论述前，我们有必要厘清"夕"与"月"的区别。

第一节 "夕"与"月"之别

甲骨文中"夕""月"二字同形是学界公认的事实，但多数学者也早已发现，此二者在卜辞实际使用中并不因其形体相同而完全混用无别。董作宾最早提出卜辞中的"月""夕"互易现象，他认为自商王武丁至文丁时是以☽为月、以☽为夕的，而帝乙帝辛时则以☽为夕，以☽为月。[①] 不过此后不久他修正了自己的观点，认为在卜辞的五个时期中，第一、二、五期是"月""夕"互易，而第三、四期则是"月""夕"同

---

① 董作宾:《甲骨文断代研究例》，《董作宾先生全集》（甲编第二册），台北：艺文印书馆，1977 年，第 363—464 页。

形，均作☽。① 最后，他再次订补前说，认为第一到三期均以☽为月、以☽为夕，第四期是"月""夕"同作☽，而第五期则是以☽为夕，以☽为月。② 董氏数易其说，最终只对"月""夕"的用法概况依据卜辞的五期分法作了简要的描述。而学界对相关问题的把握也仍存在模棱两可的情况，如徐伯鸿认为："武丁至祖甲时期以☽为月，以☽为夕。廪辛至文丁时期两形互用。帝乙帝辛时期以☽为月，以☽为夕。"③ 这完全继承了董氏最初的观点，足见此二字的用法区别远比我们所想的复杂得多。事实正是如此，时至今日，我们仍旧很难对"月""夕"二字在卜辞各时期的具体使用情况作出绝对性的划分，只能说董氏所得出的结论大体可以描述此二字使用的一般概况，但亦无法排除少数特例的存在。

　　除早期董作宾的研究外，此后也有不少学者对特定材料中"月""夕"的使用情况作过详细考察，如赵伟针对花东子卜辞进行考察后，得出结论："花东卜辞中'月'字多状月牙之形而内有一点，'夕'字则多状月牙之形，但是与武丁时期的王卜辞一样，也存在着'月''夕'构形相互混用的情况。值得注意的是，与花东子卜辞相比，同属于殷墟早期甲骨卜辞的王卜辞中则是以'月'字无点、'夕'字有点占优势。这

① 董作宾:《殷历谱》,《董作宾先生全集》(乙编第二册),台北:艺文印书馆, 1977 年, 第 448 页。

② 董作宾:《甲骨学五十年》,台北:艺文印书馆, 1955 年, 第 138 页。

③ 徐伯鸿:《☽☽新释兼说与之相涉的气象及疾病》,《江苏纪念甲骨文发现百年·甲骨文与商代文明国际学术研讨会论文选集》,南京:江苏省甲骨文学会, 1999 年, 第 115—126 页。

说明在'月''夕'字形的分工演化过程当中，作为非王卜辞的花东子卜辞走在了前面。"①

这里我们想要讨论的是上古时期最早文字系统中"夕"字的用义始末问题，虽不涉及字形的使用情况，但仍不得不不厌其烦地对"月""夕"二字在卜辞中的实际用法进行详细的考察和审视。

一、甲骨卜辞中"月"的用法考察

相对于"夕"而言，"月"字在上古时期的字义和用法更为单纯，因此我们不妨先看"月"。"月"在《汉语大字典》中的第一个义项为"月亮，月球"，意即其本义为"月亮"，这是符合"月"字构形理据的。但《汉语大字典》仅举字中含点状笔画的🌙为该字古文字字形②，失之偏颇，这会导致读者误认为"月"的古文字形体中没有作🌙形的情况，显然不符合实情。

据统计，卜辞中可见"月"字共计 7 462 例，排除前后辞例残缺而不辨词义者，余者共计 7 446 例。对此七千余个"月"字进行逐一分析后，可知在"月"的诸多用法组合中，以表月份和月名之义者为主，其中"正月、一月、二月"等明确的月份词有 7 411 例，占总比 99%以上，而其他词组搭配如"今月""兹月""终月""生月""木月""林月""集月"

① 赵伟：《殷墟花园庄东地甲骨卜辞中的"月"和"夕"》，《中国新技术新产品》，2010 年第 16 期。

② 汉语大字典编辑委员会：《汉语大字典》（九卷本），武汉：湖北长江出版集团·崇文书局；成都：四川出版集团·四川辞书出版社，2010年，第 2188 页。

"禜月""乘月""邑月""㪿月"等月份和月名用语者 20 例。① 除表月份之义外，尚有 15 例"月"用作本义表月亮，其词语搭配为"月有食""月有戠"等。各类"月"之用法具体情况如表 2-1 所示：

表 2-1　"月"的用法具体情况

词义	搭配/辞例	数量
月份 月名 99.8%	一月、二月、三月……十四月、正月、兹月、生月	7411
	终月：丙□卜，王贞余更……曰巫。终月。（《合集》20279）	2
	月一：月一正曰食麦。（《合集》24440）	2
	乘月：庚申 [卜]，□[贞] 今乘月 [又] 史。（《合集》21674）	6
	木月：癸未贞，于木月延方。（《屯南》171）	5
	林月：己丑，贞于林月酌。（《合集》34544）	1
	集月：癸巳卜，于集月又念。（《合集》21661）	1

---

① "生月"之解可参考陈梦家：《殷虚卜辞综述》，北京：中华书局，1988 年，第 219 页；"木月""林月"之解可参考裘锡圭：《释"木月""林月"》，《裘锡圭学术文集·甲骨文卷》，上海：复旦大学出版社，2015 年，第 338—343 页；"乘月"之解可参考冯时：《百年来甲骨文天文历法研究》，北京：中国社会科学出版社，2011 年，第 220 页；"㪿月"之解可参考姚萱：《殷墟花园庄东地甲骨卜辞的初步研究》，北京：线装书局，2006 年，第 307 页脚注①。

词义	搭配／辞例	数量
月份 月名 99.8%	𡂖月：己卯卜，我贞𡂖月又史。（《合集》21694）	1
	𡇈月：子𠫤曰其又至，𡇈月气。（《花东》159）	1
	𡇈月：癸卜丁步〔今〕戌。𡇈月，才〔在〕🜲。 （《花东》262）	1
月亮 0.2%	月有食：三日乙酉夕，月有食。　　（《合集》 11485） 月有戠：壬寅贞，月有戠，王不于一人囚。 （《屯南》726）	15

据表 2-1 统计结果可知，卜辞中"月"字的用法相对而言还是较为清晰的，除少量用作本义者，余皆用作纪月词，未见第三种用法。而从"月亮"这个本义引申为表示以月相变化为纪时基准的"月份"和"月名"等时称之义，也符合字义演变的基本轨迹。综合"月"字在上古殷商时期的用法和字义发展情况，可知现代汉语中"月"字的用法整体而言与上古时期是一脉相承的。

二、甲骨卜辞中"夕"的用法考察

相对而言，"夕"的用法情况则复杂得多。据统计，卜辞中可见"夕"字共计 4 924 例，除去部分辞例残缺难以辨别词义者，余者共计 4 589 例。对此四千多例"夕"进行逐一分析后，可得到 20 余种具体的搭配形式。此处为便于分析，不一一展示各种搭配形式，仅根据研究需要将相关句式总结归纳为大类，最终根据用法、搭配情况及可见数量列表如下：

表 2-2 "夕"的用法主要情况

结构	搭配	数量	例 句	用法
夕+动词性结构	夕+动词/动词短语	504	《合集》32448：丙午卜，父丁裸夕岁一牢。《合集》19798：庚戌卜，大夕虫般庚伐卯牛。	名词傍晚夜晚 98%
	指+夕+动词/动词短语	3 782	《合补》9595：方橐，叀今夕酻。《合集》26343：戊子卜，尹贞：今夕亡囚。	
	副+夕+动词/动词短语	37	《合集》7772：今未勿夕步。《合集》13338：贞：今日不夕风。《合集》20393：癸亥卜，亘其夕围雀。《合集》20393：癸亥卜，亘弗夕围雀。	
	介+夕+动词/动词短语	32	《合集》27862：贞：王往于夕裸，不萬雨。	
	名+夕+动词/动词短语	155	《合集》7772：今辛未王夕步。	
夕+名词性结构	指+夕+介	6	《合集》33945：……今夕至丁亥延大雨。	
	副+夕+名词	2	《合集》20383：癸亥卜，亘弗夕雀。	
	夕+名词/名词短语	11	《合集》35422：在六月，甲子乡夕大乙。《合补》100：贞：酻夕王亥一羊一豕。	动词

续　表

结构	搭配	数量	例　　句	用法
夕+名词性结构	名+夕+名词短语	2	《合集》16265：癸酉卜，争贞：翌甲戌夕十羊，乙亥酻十□十牛。用。	祭祀行为
	副+夕+介	1	《合补》7030：丙寅卜，□贞：其夕于父丁。	0.3%

如表2-2所示，卜辞中的"夕"字用法主要存在两大类接续形式，一种是后接动词性结构，一种是后接名词性结构。

在"夕+动词性结构"的用法中，"夕"字无一例外全部用为名词，表示某时间概念。其中常见的搭配形态是"指+夕+动词/动词短语"，即"夕"前接指示性成分①，组成如"今夕""之夕"等名词，在句中充当状语，提示动作行为的时间。此外，它也常常以"夕"直接作状语，或前接介词形成如"于夕"等介词短语作状语。在诸多"夕+动词性结构"的用法中，"副+夕+动词/动词短语"形式的"夕"字因所处语法位置很容易被理解为动词。但仔细观察表中的例句，可知该形式的"夕"仍当理解为名词，表时间。《合集》7772"今未勿夕步"可理解为一种语言成分的位置互易，即将副词

---

① 此处所言指示性成分主要是指示词（亦包含少量指示代词），故以"指"为简称而不用"代词"之"代"。指示词与指示代词虽都具有指示性质，但其词性和语法功能有别，不可混同为代词。据笔者统计分析，甲骨文中"今夕"之"今"当是一种连体形式的指示词，具有指示作用，但它与一般指示代词不同，不具有指代作用（相关研究另有撰文详述，此处不作过多展开）。

"勿"提到了"夕步"之前，用以否定整个"夕步"的行为，其中"夕"仍旧是作状语修饰"步"这个行为的时间。①《合集》20393 同版对贞的辞例为此种理解提供了更充分的证据，其前句正面贞问为："癸亥卜，叀其夕围雀。"其中"夕"前以"其"强调时间，辞意表示在夕时进行"围雀"的行为。与之形成对立的反面贞问的辞例为："癸亥卜，叀弗夕围雀。"其中"夕围雀"的意思如前所示，表示在夕时进行"围雀"行为，而前面的否定副词"弗"则是用以否定整个"夕围雀"行为的，即不要在夕时进行"围雀"行为。如此，则"夕"在前接副词且后接动词的句式中仍旧是个名词，表示时间。

"夕+名词性结构"用法中的"夕"，相较而言却没那么单纯。在此类句式中，"夕"存在两种词性，用作名词时的示例较少，其搭配形式有"指+夕+介"和"副+夕+名词"。前者是常见的形式，后者则略特殊，相关实例如《合集》20383 "癸亥卜，叀弗夕雀"，该例与上文所举《合集》20393 是异版同卜一事，二者句式一致，其中"夕雀"是"夕围雀"的简省形式，而"弗"用以否定整个"夕雀"的行为，故此例之"夕"仍是时间名词无疑。除了以上两种将"夕"用作名词的句式外，"夕+名词性结构"其他句式搭配中的"夕"都只能理解为动词，表某种祭祀行为。事实上，有关"夕"有动词用法的观点，于省吾先生早在 20 世纪前段已经提出，他认为："夕与来、卯并列，均作动词用，是夕亦为祭法之

---

① "夕步"可理解为：在夕时进行"步"这件事。而"勿夕步"的意思就是：不要在夕时进行"步"这件事。

一。……甲骨文言‘夕’，典籍通作‘昔’或‘腊’。甲骨文言‘夕羊’‘夕豕’，夕作动词用，谓杀羊豕而干其肉，以腊脯为祭品也。”① 于先生所举的辞例，《佚》153 对应的是《合集》10130，《佚》404 对应的是《合集》16265，《珠》725，《戬》6.1 对应的是《合集》23262，《乙》3094 被缀合后收于《合补》100。诸辞例具体文辞如下所示：

　　［1］奉年于罟，夕羊、尞小牢、卯一牛。　《合集》10130

　　［2］癸酉卜，争贞：翌甲戌夕十羊，乙亥酚十□十牛。

《合集》16265

　　［3］丙辰卜，尹贞：其夕父丁三牢。　　　　《珠》725

　　［4］丙子卜，□贞：其夕于父丁。　　　　《合集》23262

　　［5］贞：夕酚于河二羊匚二豕宜。贞：酚夕王亥一羊一豕。

《合补》100

　　上举诸例，“夕”分别与祭祀动词“尞”“卯”“酚”“匚”“宜”对举，知其确可释为祭祀相关的行为动词无疑。而例［3］“其夕父丁”、例［4］“其夕于父丁”等语中，常见以“告”“卸（御）”“屮（侑）”“用”等祭祀动词来替换“夕”的情况，足见“夕”之于祭祀动词而言，应当与拥有正规祭名的“祼”“肜”等略有差异，而与“告”“卸（御）”等辅助性祭祀行为关系更为密切。但无论如何，这种用法的“夕”当是动词，而不能再理解为时间名词。

　　综上所述，“夕”在卜辞中的具体用法和用义可总体归纳

---

① 于省吾：《甲骨文字释林》，北京：中华书局，1979 年，第 34—35 页。

为两大类：一是用作时间名词，二是用作祭祀动词。当我们无法通过相同的字形结构来区分"夕""月"二字时，则可利用上述两个表格，根据此二字在具体辞例中的搭配情况，来确定该字形究竟是"夕"还是"月"。

第二节 "夕"的意义范畴

据上文统计调查可知，"夕"在卜辞中98%以上均用作时间名词，而据"夕"在当前字词工具书中的义项可知，它主要是用以表示傍晚或夜晚的含义。我们在此讨论有关"夕"所表达的原始黑夜观念的问题，有必要对"夕"所指示的具体时间概念及其所包含的具体时间范畴进行更进一步的分析和确定。这个问题的回答，需要回到"夕"字意义范畴的问题上。

一、"夕"的造字本义

对于"夕"字的认识，基于上述对"月""夕"二字关系的探讨，我们已经可以很确定地知道二者必然存在同源孳乳关系。而这种同源关系涉及对"夕"字源头认识的差异问题，也就是二者孰先孰后的问题关系到"夕"字最初是一个自造字，还是一个分化字的问题。

甲骨文中"月""夕"同时存在，从断代上暂时也找不到明显的先后关系。但从文字始于象形的本质而言，"🌙""🌙"二形最初是"月"字的可能性更大。语言文字的产生是抽象于人类思维意识的，从意识产生的角度而言，古人认识到

"月亮"这个具象事物的时间应该要早于认识到"夜晚"这个抽象概念的时间。因而可以基本推断，在"月""夕"二者之间，"月"字的出现以及"月亮"这个概念的出现应该是早于"夕"字以及"夜晚"这个概念的。也就是说，尽管在最早的文字体系中，我们无法明确找到"月""夕"二字的孳乳演变轨迹进而推断二者的先后顺序，但从逻辑的侧面却能基本确定"夕"字应该是源于"月"的。而从字形表意的角度来看，"夕"来源于"月"并无意义上的直接联系，因为"夕"所表达的夜晚含义与字形"☽""☾"之间不存在直接以形表意的关联。汉字的造字法分为象形、指事、会意、形声四种（"六书"中的转注和假借一般认为是用字法），从会意的角度上，无法解释"☽""☾"之间相互转变的关联，因而会意的造字法可以排除。形声是需要声符辅助的，"☽""☾"二形不仅无法分析出声符，且二字古音上的关联也无法被证实，因此形声的造字法也可以排除。于是就只剩下指事一个可能。据学者研究统计，甲骨文中"☽""☾"二形在早期以"☽"为"月"、以"☾"为"夕"的情况占优势，到晚期时则情况正好相反。① 这是"月""夕"二字在殷商时期分化演变的一种过程体现，从二字形之间仅差一个缀点的情形来看，可知它们分化的依据与造字法中的"指事"最为相符。正如"刃"字源于在"刀"上附加指事符号以表刀刃之义一样，"夕"字极大可能也是源于在"月"上附加缀点为指事符号用以表示

① 朱国理:《"月""夕"同源考》,《古汉语研究》,1998 年第 2 期。

"月见之时"的夜晚义。我们可以假设古人最初大体是以"🌙"表月亮之"月"的，后来需要表"夜晚"之义时，对于这个抽象概念实在难以表达，于是通过"月见之时"即"夜晚"的概念等同关系，想到了使用"月"字的符号来表示"夜晚"之义。为将之与表示月亮的"月"进行区别，就在"🌙"上附加了一个缀点写作"🌙"，于是慢慢分化出了"夕"字。从这个逻辑来看，"夕"就是"月"的分化字。二者虽出同源，但因用法迥别，且早在殷商时期就已经基本分化，因而不宜认为"夕"是"月"的引申义，将之看作一个已经分化完成的分化字或许更为妥当。

过去对于"月""夕"二字分化问题的探究，常常容易陷入语音上的困境，因为这种通过假借关系而产生的分化字，大家总能在字音上找到二者之间的关联（因为假借通常是因声借字的），但"月""夕"二字在古音上的关联一直未被证实①，因而困扰了学界许久。对此，笔者认为，"夕"从"月"字分化而来，确实也是源于假借，但它是一种概念的假借，既不同于字义的引申，也不同于一般的因声借字。既然不属于字义引申，则"月""夕"二字就不能是同字；既然不属于因声借字，则"月""夕"二字也不必强求它们语音上的关联。

厘清了"夕"字来源问题后，我们再回到"夕"的本义

---

① 有关"月""夕"为同源字在语音上的关系，也有不少学者做过相关考证，如王蕴智：《"毓"、"后"语源及部分牙喉舌齿音声母通变关系合解》，《郑州大学学报（哲学社会科学版）》，1993 年第 2 期。

问题上。本义是相对引申义而言的，指某字在形成之初的最原始含义。就"夕"字而言，是指它最初借"月"字用来表示的最初的意义。从上文可知，"夕"借"月"字形体最初就是要表达"月见之时"即夜晚之义的，因此可以说，"夕"的本义就是夜晚。但这个解释是否准确呢？这个夜晚所指的具体时间范围又是什么？

二、"夕"的时间范畴

《说文·夕部》云："夕，莫也。从月半见。"[①] 许慎认为"夕"的本义是"暮"。《尚书大传·洪范五行传》有"岁之夕、月之夕、日之夕，则庶民受之"，郑玄注"日之夕"云："下侧至黄昏为日之夕。"[②] 郑玄的说解与许慎同。《汉语大字典》中将"夕"的第一个义项定为"傍晚"，第二个义项定为"夜，晚上"，足见学者们由古至今普遍认为"夕"所表达的原始含义当为"傍晚"，而其"夜晚"的含义则属于引申义。从上述诸家的解释可以看出，过去对"夕"字本义的认识其实并非我们所说的"夜晚"，而是比"夜晚"概念更为精细的"傍晚"。那么"夕"确如许慎和郑玄等所界定的那样，是指"傍晚"或"黄昏"等更为精确的时段吗？

过去将"夕"字解读为"莫（暮）"的意见主要来源于《说文》，从许慎的观点出发，诸家多将"夕"与"傍晚"进行关联。又因文献中往往"朝""夕"对举，更使人们普遍确

---

① 许慎：《说文解字》，北京：中华书局，1963 年，第 142 页。
② 朱维铮：《中国经学史基本丛书》（第一册），上海：上海书店出版社，2012 年，第 30 页。

定了"夕"的本义就是"傍晚"。但在最早的文字系统中，"夕"的本义问题受到了一定的冲击。

有学者举甲骨文辞例如下：

[6] 癸酉贞：日夕有食，唯若。| 癸酉贞：日夕有食，非若。 　　　　　　　　　　　　　　　　《合集》33694

例[6]被认为是贞问日食的问题，因为日食不可能发生在夜晚，故认为此处"夕"当释为傍晚而不是夜晚。[①] 事实上，该条辞例中所谓"日夕有食"当为"日月有食"的误读。除此误读之例外，卜辞并无其他例证可证明"夕"作为时称而不能指称夜晚之义的情况。不过对于"夕"表夜晚的含义，也有学者认为它有确指夜晚某具体时段的含义，如宋镇豪举例：

[7] 王其田枏（夙）入，不雨。| 夕入不雨。吉。

　　　　　　　　　　　　　　　　　　《合集》28572

宋镇豪认为该例中"枏（作者按：夙）、夕对文，枏是天黑掌灯之时，夕则更晚些"[②]。这是将"夕"进行精确特指的情况。事实上，卜辞中不仅存在"枏（夙）、夕"对举的情况，还有"莫（暮）"与"夕"对举的例证，如：

[8] 莘叀莫酚。吉。| 夕酚。吉。 　　　《合集》30845

例[8]中"莫（暮）酚"与"夕酚"对举，足见至少在这些对举的辞例中，"枏（夙）""莫（暮）"的概念确实

---

① 朱国理：《"夕"字本义考》，《辞书研究》，1998年第1期。
② 宋镇豪：《试论殷代的纪时制度——兼谈中国古代分段纪时制》，《考古学研究》第五辑，北京：科学出版社，2003年，第398—423页。

是与"夕"的概念同时存在的。从现代汉语的含义来看，三者均表示夜晚之义，那它们的具体差异在哪里呢？从例〔7〕来看，"枘（夙）"在前，"夕"在后，或许正如宋镇豪所言，此例中的"枘（夙）"比"夕"所指的时间范围更早。宋镇豪释"枘（夙）"为掌灯之时，可见该时属于天方晚时，此时与"夕"对举并不妨碍将"夕"释为夜晚。而从例〔8〕来看，"莫（暮）"在前，"夕"在后，同样可以得出"莫（暮）"所表示的时间节点极大可能处于"夕"之前的结论。《说文·茻部》："莫，日且冥也。从日在茻中。"① 段注认为："且冥者，将冥也。"② 由此可知"莫（暮）"所表示的时间应该在"冥"之前。"冥"为夜晚，"莫（暮）"表将晚之时，却仍属未晚阶段，那将未晚时段与表示确实已晚的"夕"时进行对举，也是无可厚非的，这样仍不妨碍将"夕"释为夜晚。退一步讲，即使上举辞例中的"夕"指称晚间的某个具体时段的论断不假，也并不影响我们对"夕"概念范畴的理解。因为这是特指和泛指的问题，如果说上举辞例中"枘（夙）""莫（暮）"与"夕"对举的情况中，"夕"是特指某个晚间具体时段的话，那么在"今夕"等词中的"夕"就是泛指整个夜晚。

事实上，前文所举郑玄对"日之夕"的注解以及《汉语大字典》的义项分类，是对"夕"的意义所指范围进行了更

---

① 许慎：《说文解字》，北京：中华书局，1963年，第27页。
② 许慎：《说文解字注》，段玉裁注，上海：上海古籍出版社，1981年，第48页。

精细的界定，但这种界定未必就完整地解释了"夕"的本义。《说文·夕部》将"夕"的本义定为"莫"无疑是正确的，但未必是准确或精确的。也就是说，《说文》的这种定义可能只是一种广义的泛指而非狭义的特指，许慎所谓"莫"的概念可能是一种宽泛的相对含义，如这里的"夕"是相对"朝"而言、相对"昼"而言的。被许慎同释为"莫"的还有"晚"字，《说文·日部》："晚，莫也。"① 《广韵》："晚，暮也。"② 可证"晚"的概念约等于"夕"。另有《说文·日部》："旰，晚也。"③ 段玉裁注云："襄十四年《左传》杜注曰：旰，晏也。"④《玉篇》："晏，晚也。"⑤ 上举"晚""旰""晏"其实都表夜晚之义，但这个夜晚是相对白昼而言的广义范畴，非特指傍晚或黄昏。

据上文对甲骨文中"夕"字用法的考察可知，卜辞中"夕"用作"今夕""之夕""兹夕"等表时称的情况占总比98%以上，这些辞例中的"夕"其实与卜辞中表示白昼含义的"日"是一样的情况。"日"表白昼义时，最常见的组合形式也是"今日""之日""兹日"等，"今日"与"今夕"形成一对相反的时间概念，前者指的是白昼，后者指的自然是

---

① 许慎：《说文解字》，北京：中华书局，1963 年，第 138 页。
② 余廼永：《新校互注宋本广韵》，上海：上海辞书出版社，2000 年，第 281 页。
③ 许慎：《说文解字》，北京：中华书局，1963 年，第 138 页。
④ 许慎：《说文解字注》，段玉裁注，上海：上海古籍出版社，1981 年，第 304 页。
⑤ 顾野王：《宋本玉篇》，北京：中国书店，1983 年，第 372 页。

黑夜。只是这种黑夜是一种大而笼统的概念，并不确指"傍晚""黄昏""子夜"等更为精细的时间段。事实上，卜辞中"夕"的用法情况已经为我们作出了最好的解答。当卜辞贞问"今日无忧""今日不雨"时，我们不必详究其中"日"的具体时间范围，也知道这两个辞例的意思是占卜者想知道某日会不会有灾咎、某日会不会有雨，而不是确定地贞问某日的中午会不会有灾咎或某日的下午会不会有雨，因为这是显而易见的广义泛指概念。如果对"今日"的理解可以不必细究"日"的确指范围，那么对"今夕"的理解也是一样的道理。当卜辞贞问"今夕无忧""今夕不雨"时，肯定也是表示占卜者想要知道今夜是否有灾咎、今夜是否有雨，而不必细究到底"夕"是指"今天傍晚""今天黄昏"还是"今天子夜"。

当然，对于"夕"专指"傍晚"之义的观点，也有学者提出过质疑。如朱国理根据"月""夕"二字在形体上的关联，认为"夕"字的本义和"月"有密切关联，因而得出"夕"最初所指的含义相当于"见月之时"的结论，意即"夕"所表示的时间范围当为现代汉语中"傍晚"和"夜"之和。① 罗琨认为，"甲骨文中表示时间的'夕'，指两个白昼之间，晚于'暮'，早于'枛'的一整夜"②。宋镇豪曾认为，"夜晚通称'夕'，也有称'今夕''来夕'

① 朱国理：《"夕"字本义考》，《辞书研究》，1998 年第 1 期。
② 罗琨：《〈楚居〉"夤必夜"与商代的"夕"祭》，《出土文献》第四辑，上海：中西书局，2013 年，第 38—48 页。

'终夕'等"①。其后宋镇豪又明确指出:"终夕与终日对言,实代表了一天中的两大段,一指整个夜晚,一指整个白天。……之夕,今夕,乃以小寓大,以局部概整体,以小段时间统全夜。这大概由于一夜之间月的变化很不显著,而半亏的月是为常形,故用夕字(半月形)以寓意于整个夜间了。"② 冯时认为,"卜辞'终日'是指整个白昼,则'终夕'当指整个夜晚"③。这些观点或多或少都拓宽了过去将"夕"的本义释为"傍晚"这个具体时间段的范围,但仍旧只是在对"夕"所指时间范畴进行框定区域,与我们讨论的特指和泛指的情况略有不同。不过诸多讨论也印证了一个事实,那就是在殷商时代的真实语言环境中,"夕"的含义确实无法被简单地框定在"傍晚"这个狭义的概念之内。

综上所述,我们认为"夕"所表达的含义确实应当是与白昼义相对的夜晚相关含义,但我们认为不应当将其框定在"傍晚"或"夜晚"的局限意义上。事实上,"夕"是相对于"日"而言的一种宽泛时间概念,如"日"是指白昼,则"夕"就是指相对于白昼而言的黑夜。正如"日"指白昼时不特定指向白天的"上午""中午"或"下午"等精细时段一样,"夕"指黑夜时也应当不会特指黑夜的"傍晚""黄昏"

---

① 宋镇豪:《殷商纪时法补论——关于殷商日界》,《学术月刊》,2001 年第 12 期。
② 宋镇豪:《试论殷代的纪时制度——兼谈中国古代分段纪时制》,《考古学研究》第五辑,北京:科学出版社,2003 年,第 398—423 页。
③ 冯时:《殷代纪时制度研究》,《考古学集刊》第 16 集,北京:科学出版社,2006 年,第 287—345 页。

"子夜"等具体时段，它应该是泛指一整个夜晚，即所有非白昼的时间段都是"夕"的所指范围。

当前可见最早的"夜"字出自周原甲骨，其字形从"夕"，由此可知"夜"字最迟到周朝已从"夕"中分化出来。"夜"分化出来后或许就代替了"夕"的原始含义，用以指称广义范围的夜晚之义，而"夕"的原始含义范围有所缩小也就在所难免了。当然，这又是另外一个话题。

第三节　义符"夕"与早期中国的时间内涵

早期中国的黑夜观念同白昼观一样，也是来自人们对自然现象的观察。日出为"日"，月见为"夕"。

纳西象形文字和汉民族文字的情况一样，也使用了月亮的象形符号来表达"夜晚"的含义。不过纳西文在表示"夜晚"的概念时，会在月亮的象形符号上增加一个指示性的圆点，或直接将月亮涂黑，以区别于"月"，字形如下①：

夜晚　　　　　　　　　　　夜半

表"夜晚"概念时，纳西文字使用了近似于汉字指事形式的方法，对"月"形采取了增加指事符号的方法以区别不同的字。表"夜半"概念时，也进行了相应的处理，即增加指

① 方国瑜：《纳西象形文字谱》，和志武参订，昆明：云南人民出版社，2005 年，第 108 页。

示性符号或增加声符以别义。但不论怎么变，与"夜晚"相关的含义中仍旧包含它最初始的义符形态。和纳西文一样，汉字里的"夕"也是如此，除了"夕"字本字表夜晚含义之外，以"夕"为义符的一类字同样表达了"夜晚"相关的含义。

一、夜

"夜晚"之"夜"本来也是从"夕"的字，可由其古文字形体窥知一二：

| 甲骨文 | 金文 | 简帛文 | 小篆 |

"夜"字字形从"夕"是其义符，从"亦"是其声符。一般认为"夜"字是由表夜晚之义的"夕"字派生而来。最早的"夜"字字形出现于西周甲骨，且辞例残缺，无法对照上下文以探究其真实用法。也有学者认为，殷商甲骨文中有用"亦"表"夜"的情况，该观点由王襄提出①，但未获得学界认可，如杨树达同意"夜""亦"二字语音上的关联，但不认为辞例中"亦"读"夜"可通。② 此后也有学者支持王襄之说③，但所引辞例证据仍有未安，难成定论。黄天树曾

---

① 王襄：《簠室殷契征文》，《甲骨文献集成》（第一册），成都：四川大学出版社，2001年，第161页。
② 杨树达：《积微居甲文说》，上海：上海古籍出版社，1986年，第13页。
③ 罗琨：《甲骨文"亦"叚为"夜"之证》，《中国史研究》，2002年第3期。

认为卜辞中有"小夜"合文用以表示夜未深之时的含义，其中字形"夜"作"亦"（《合集》13135）①，可备一说。西周金文"夙夜"连用，可见当时该字字形与字义的关系已然固定。

二、夙

最早的"夙"字频繁见于甲骨卜辞中，其字形表意，象一个人形侧立踞坐，双手捧物，向上方似有所祷状。侧立的踞坐人形为"卪"，故"夙"字必从此旁，但因人形手中所捧之物有别，故另一构形义符形态多样，具体有如下几种：

从"夕"　　　　从"木"　　　　从"中"　　　　从"火"

有关"夙"字形体的解释，叶玉森云：

> 契文诸夙字，并象一人踞而捧月状。……至夙乃向明之时，残月在天，惟仰而可见，夙兴之人，喜见残月，故两手向空，作捧月状。②

其说成为学界共识。谢明文说："'卪'确有'夙'音，'夙'应是一个从'夕''卪'声的形声字。"③ 进一步分析了该字的构形。也有学者对该字的释义略有差异，如李宗焜认

---

① 黄天树：《殷墟甲骨文所见夜间时称考》，《黄天树古文字论集》，北京：学苑出版社，2006 年，第 178—193 页。

② 叶玉森：《说契》，《甲骨文研究资料汇编》，北京：北京图书馆出版社，2008 年，第 613—622 页。

③ 谢明文：《说夙及其相关之字》，《出土文献与古文字研究》第七辑，上海：上海古籍出版社，2018 年，第 30—49 页。

为"夙"是"时称，其时间应在暮后夕前"①。沈培认为：
"其用法有二：一类用为时间名词，指夜尽将晓之时；一类用
为动词，其义为'早起做事'。"② 针对上举"夙"之甲骨文
字形的最后一例，党相魁认为该形当隶作烟，"字从火从丮，
象一跽坐之人双手秉炬形，应即炬之初文，亦即许书之苣
字"。③ 或许正因"夙"有从火旁的字形，结合其字用确表夜
晚时分之义，故学者将其所指具体时段确定为夜晚的掌灯时
分。④ 卜辞"夙"的主要用法如下：

[9] 辛未卜，贞王宾枏（夙）裸无𡆥。　　《合集》25393

[10] 王其省盂田，蓑（莫）往枏（夙）入，不雨。

《屯南》2383

"夙"在卜辞中最常用于祭祀动词前，用以表示祭祀的时
间，例［9］是最为典型的用法。而例［10］中"夙"与
"莫"对举，也是其作为时间用词的最好例证。

三、绿

甲骨文

① 李宗焜：《卜辞所见一日内时称考》，《中国文字》新十八期，台北：
艺文印书馆，1994 年，第 173—208 页。
② 沈培：《说殷墟甲骨卜辞的"枏"》，《原学》第三辑，北京：中国广
播电视出版社，1995 年，第 75—110 页。
③ 党相魁：《殷契斟释》，《纪念王懿荣发现甲骨文一百周年论文集》，济
南：齐鲁书社，2000 年，第 196—204 页。
④ 宋镇豪：《试论殷代的纪时制度——兼谈中国古代分段纪时制》，《考
古学研究》第五辑，北京：科学出版社，2003 年，第 398—423 页。

甲骨文"㫐"的字形从夕、从录，字形如上所示。黄天树认为此为夜间的时称用字，卜辞辞例中的常见词组"中㫐"或省作录、㫐，是夜半之称。① 卜辞中"中录"之"录"写作㫐，字形结构不从"夕"旁，与"㫐"不同，但不论写法如何，该字在卜辞中用作"中录"表时称却是无疑的，其具体用法如下：

[11] 叀中录先虞。吉。　　　　　　《合集》28124

[12] 丁酉，中录卜，才分。　　　　《合集》35344

[13] ……中录酚。　　　　　　　　《合补》9592

[14] 乙亥卜，今日至于中录……吉。　《屯南》2529

冯时认为㫐"字于漏刻的象形文'录'复增月亮的象形文'夕'为意符，以示漏刻乃记录夜时的主要计时仪器"②。因此，㫐、录二字尽管在形体上有细微差异（或为附加义符的字形分化现象），但其用作时称表示时间之义是很确定的。

四、夗

甲骨文

"夗"字的甲骨文写法如上，其字形为两个"夕"的重叠，过去曾被认为是二"肉"，今从李宗焜新释，认为是夜间

---

① 黄天树：《殷墟甲骨文所见夜间时称考》，《黄天树古文字论集》，北京：学苑出版社，2006 年，第 178—193 页。

② 冯时：《殷代纪时制度研究》，《考古学集刊》第 16 集，北京：科学出版社，2006 年，第 287—345 页。

时称。① 黄天树认为其所指或是"子夜"时分。② 冯时对"姅"有更细致的解释:

> 作重"夕"之形,则示月初出之象,犹甲骨文"旦"作重"日"之形而示日初出之象一样。……故卜辞"姅"用以纪时,当指月出之时。……殷代的姅时应即后世文献中常见的专指日入前后的"夕",其在殷代则限指日入之后的黄昏。"姅"作重"夕",即可以会意月初出之象,也可以区别于殷人统称全夜的"夕"。……殷代特指黄昏时辰的姅时于后世逐渐扩大为一种泛言昏暮的相对时限称谓,其意乃由月初出之本义发展而为日之晚,又因时人称全夜为"夜",从而以全夜之称夕夜的"夕"替代了时辰之称昏姅之"姅",遂"夕"行而"姅"废矣。③

"姅"字作为时称,在卜辞中的具体用法如下:

[15] 于辛雨,庚姅雨。辛启。 《合集》20957

[16] 己亥卜,又,庚雨。其姅,允雨不。《合集》20957

[17] 丙午,姅卜,屮岁于父丁羊一。 《合集》22093

五、殱

甲骨文

① 李宗焜:《卜辞所见一日内时称考》,《中国文字》新十八期,台北:艺文印书馆,1994 年,第 173—208 页。
② 黄天树:《关于商代甲骨卜辞是否有代词"其"的考察》,《语文研究》,2021 年第 3 期。
③ 冯时:《殷代纪时制度研究》,《考古学集刊》第 16 集,北京:科学出版社,2006 年,第 287—345 页。

"㸦"字甲骨文字形如上，其中的 㸦 旁构件过去一般被释为"交"字，如饶宗颐认为"㸦"字为"胶"，"胶乃动词，为祭名。《广韵》有胶字，云：'声也。'音爻，即此。胶训'声'，应读为詨。《集韵》五爻：詨与謑、呼等同，'吴人谓叫呼为詨'。《尔雅·释言》：'祈，叫也。'郭注：'祈祭者，叫呼而请事。'"① 冯时认为："卜辞之'㚥'当从'夕''交'声，读为'宵'，字从'夕'，明其为夜时。古音'交''宵'并在宵部，叠韵可通。……殷代之'宵'意即定昏，为人定之时的别称。"② 据裘锡圭先生的意见，过去释"交"者当改释为"黄"。③ 而从夕、从黄的"㸦"字，在卜辞中见于"生七月㸦"之例，从其所处位置来看，当是时称无疑，如下例：

［18］［甲］戌卜，㱿贞：王于生七月㸦……《合集》7781

［19］乙亥卜，㱿贞：生七月㸦……　　　　《合集》7781

［20］乙亥卜，㱿贞：生七月㸦……　　　　《合集》7782

辞中"生七月"都是具体的某特定月份，其后所接之"㸦"则是月份内更具体的时段概念。黄天树认为"㸦"字读为黄，指黄昏。④ 也可备一说。

---

① 饶宗颐：《殷代贞卜人物通考》，香港：中华书局（香港）有限公司，2015 年，第 105—106 页。

② 冯时：《殷代纪时制度研究》，《考古学集刊》第 16 集，北京：科学出版社，2006 年，第 287—345 页。

③ 裘锡圭：《古文字论集》，北京：中华书局，1992 年，第 217 页。

④ 黄天树：《殷墟甲骨文所见夜间时称考》，《黄天树古文字论集》，北京：学苑出版社，2006 年，第 178—193 页。

六、朦

甲骨文

上两字形见于甲骨文中,一般认为其结构从月、从爽,可隶定为"朦"。字形中的"月"作义符与"夕"同,裘锡圭考释云:"癸卯卜,殼:于翌朦酒囗寮。……这大概是从'月''爽'的一个字……似可读为昧爽之'爽'。"① 《说文·日部》:"昧爽,旦明也。"② 段注云:"各本且作旦,今正。且明者,将明未全明也。"③ 董作宾认为"昧爽"的时间大致晚于鸡鸣之时,但早于平旦。④ 卜辞中的辞例见于:

[21] 王占曰:兹鬼朦,戊贞:五旬又一日庚申朦朦。

《合集》13751

[22] 王占曰:𰀀其有疾。叀丙不庚,二旬又一日庚申朦朦。 《合集》13751

其中"朦"出现于干支日"庚申"之后,作为时称理解可通,不过其后所接"朦"字暂无法确释,故该字的释读尚有一定商榷空间。黄天树所说的"昧爽"一词用作时称者常见

① 裘锡圭:《释"木月""林月"》,《古文字研究》第二十辑,北京:中华书局,1999 年,第 183 页。
② 许慎:《说文解字》,北京:中华书局,1963 年,第 137 页。
③ 许慎:《说文解字注》,段玉裁注,上海:上海古籍出版社,1981 年,第 302 页。
④ 董作宾:《殷历谱》,《董作宾先生全集》(乙编第一册),台北:艺文印书馆,1977 年,第 35 页。

于西周金文，如：

[23] 唯八月既望，在昧爽。　　　　　　　　　　小盂鼎

[24] 唯十又二月初吉，王在周昧爽。　　　　　　　免簋

金文中的"昧爽"是时称无疑。对于昧爽所指的具体时间段，黄天树认为是旦明前的一段时间。[1]

第四节　义符"夕"与原始黑夜观

"日出而作，日入而息"的传统贯穿古今，它不仅是人们依从生物的习性使然，也是人类进入文明社会早期对于时间观念认知的体现。日出后的白昼为人类提供了适合行动和劳作的天然光线条件，日入后的黑夜也为人类休养生息提供了适宜的安宁环境。古代人类的社会生活水平落后，日落后的天然环境阻碍了人们的各种活动，故而静心安息成为入夜后的唯一选择。

《国语·鲁语下》："自庶人以下，明而动，晦而休，无日以怠。"[2]《说文·夕部》："夜，舍也。天下休舍也。"[3] 体现了古人对夜晚休息观念必然性的认识，它作为一种自然规律甚至礼法被当时的人们严格遵从。

夜晚时分的黑暗环境常常与古代神话有着莫大的关联，

---

① 黄天树：《殷墟甲骨文所见夜间时称考》，《黄天树古文字论集》，北京：学苑出版社，2006 年，第 178—193 页。

② 上海师范大学古籍整理研究所：《国语》，上海：上海古籍出版社，1998 年，第 205 页。

③ 许慎：《说文解字》，北京：中华书局，1963 年，第 142 页。

神魔鬼怪也往往以黑夜作为背景出现在人们的口耳相传中。这使得黑夜不仅带有神秘莫测的色彩，同时还成为"危险"的代名词。神魔鬼怪只是虚幻的危险，而在现实生活中，夜行野兽所带来的危险、夜而不能视物所带来的恐惧不安，同样使人们对黑夜的危险性认知提升到最高点。日为阳，夜为阴，阳者总能给人以积极向上的观感，相对而言，阴者总附带阴暗、危险、困境等偏于消极的色彩。

　　对于黑夜这种未知事物的忧虑，在甲骨文中体现得较为鲜明。对于"日出而作"的先民而言，白天的所作所为是否会受到神明的庇护自然是最为关心的话题，因而每每为天象、祭祀、战争等进行占卜贞问。但是，对于只能"日入而息"的黑夜，人们也并没有轻慢对待，哪怕只是静卧休息，人们也时刻关心暗夜中的安危和休褆。通过上文对卜辞中"夕"字所表示的时称范围的理解，我们已经知道，卜辞中同样常见卜问"今夕"情况的例子，其数量范围并不比卜问"今日"情况的少，这种现象正是人们密切关注黑夜情况的真实体现。除此之外，上举诸多义符从"夕"之字都与表示夜间时段有关，而这些夜间时称用字的存在，正是当时人类夜间活动在语言文字上留下的痕迹。因为只有夜间活动足够频繁，才会出现更多用以专门记录与夜间活动时间有关的字词。除了时称字外，甲骨卜辞中还有很多重要的祭祀行为也常常被安排在"夕"时举行，如"夕裸""夕告""夕酚"等词的频繁出现，正是"裸""告""酚"等祭祀被固定在"夕"时举行的例证，足见时人对夜晚这个时段的重视程度并不亚于白昼。

我们一般认为"夙兴夜寐"是古人对于白天和夜晚时间观念的认知准则，事实也大体如此，但也应当认识到，在这种大体的观念之外，古人的黑夜观念远远比我们想象的要丰富得多。

第三章

民时天授：岁节字类与王权观念

古籍文献中最早有关"民时天授"的观念，来自《尚书·尧典》：

乃命羲和，钦若昊天，历象日月星辰，敬授民时。分命羲仲，宅嵎夷，曰旸谷。寅宾出日，平秩东作。日中，星鸟，以殷仲春。厥民析，鸟兽孳尾。申命羲叔，宅南交，曰明都。平秩南讹，敬致。日永，星火，以正仲夏。厥民因，鸟兽希革。分命和仲，宅西，曰昧谷。寅饯纳日，平秩西成。宵中，星虚，以殷仲秋。厥民夷，鸟兽毛毨。申命和叔，宅朔方，曰幽都。平在朔易。日短，星昴，以正仲冬。厥民隩，鸟兽氄毛。帝曰："咨，汝羲暨和。期三百有六旬有六日，以闰月定四时，成岁。允厘百工，庶绩咸熙。"①

钦，敬也。若，顺也。帝尧命羲氏与和氏两位职掌天地之官，敬顺天象，反复观测日月星辰的变化以获得"天时"而授之于民。《尧典》的这段文字明确指出"时"之来源于"天"、来源于"日月星辰"，这正是古人"民时天授"观念的真实体现。

---

① 王世舜、王翠叶：《尚书》，北京：中华书局，2012 年，第 7 页。

古人观象授时的来源，远比人们想象的要早很多。据考古发掘可知，当前我国可见最早的天文观象台遗址是山西陶寺观象台，该遗址所呈现的古人观象测时的行为，大约发生在公元前 2100 年的原始社会末期，这比玛雅天文台遗址的时间还早了上千年。①"观象授时"往往容易使人联想到古之兴农事业，而我国自古以农为本，人类社会生活的最初痕迹诚然离不开农业活动。但从《尧典》这段文字的描述可知，至少当时尧帝"授时"的目的并不仅仅在于农作，它还关系到其他人事，甚至鸟兽虫鱼的繁衍生息等。所以，古人"授时"的意义实际上关乎人类社会生活的方方面面，只不过早期人类社会生活的内容相对简单，人们最关心且认为最重要之事总与生息脱不开关系。又因生息的根源在于农事，故而"授时"行为的最直接影响也往往集中体现在农业活动上。

第一节　纪年字类所蕴含的古代岁时制度

岁时是一种对中国传统时间观念的特定表达，岁时观念则是中国古代对于时间诸问题在形式和内容上的具体体现。唐代诗人刘希夷的《代悲白头翁》中有一句千古名句——"年年岁岁花相似，岁岁年年人不同"，可谓道尽了时光易逝、世事无常的道理。时光的流逝是捉摸不住的，但人们所使用的

---

① 李勇：《世界最早的天文观象台——陶寺观象台及其可能的观测年代》，《自然科学史研究》，2010 年第 3 期。

语言文字中却留下了古人用以记录流逝时光的相关字词符号，这些字词符号可以说是无形时光的有形痕迹。

除去使用"日""月"这样的天体象形字符纪时外，当下最为人所熟知的有关古人的纪时方法可能要数天干地支纪时法，尤其是干支纪年法，时至今日仍在不同领域中被广泛使用。不过值得关注的是，干支纪年的方法并没有我们想象中那么久远，目前一般认为它的普遍使用是在东汉时期，当然也有观点认为西汉初年已经开始使用。[①] 那么，在干支纪年法出现之前的上古三代和秦汉之间，古人又是使用怎样的方式来记录年岁的呢？有关这个问题，古人在历史文献中为我们留下了答案。

据传世文献《尔雅·释天》所云，上古三代时古人的纪年方式呈现出较为清晰的分布界限，其具体为："夏曰岁，商曰祀，周曰年，唐虞曰载。"[②] 但据更多的出土文献材料可知，历史上有关先秦时期的古人纪年方式未必如《尔雅》所说的那么界限清晰。

一、岁

说到岁时，首先要说"岁"这个字。《说文·步部》云："岁，木星也。越历二十八宿，宣遍阴阳，十二月一次。从步、戌声。律历书名五星为五步。"[③] 从许慎对"岁"的解释

---

① 王力：《中国古代文化常识》，北京：中国人民大学出版社，2012 年，第 24 页。
② 管锡华：《尔雅》，北京：中华书局，2014 年，第 395 页。
③ 许慎：《说文解字》，北京：中华书局，1963 年，第 38 页。

可知，"岁"字的本义并不是用于表示时间的，但在最早的文献记载中，它又实实在在地被用作纪时单位，这应当是一种字符假借的情况。

"岁"字繁体写作"歲"，其古文字形体如下所示：

甲骨文　　　　　金文　　简帛文　小篆

甲骨文的"岁"字像一个斧钺的形状，这就是"岁"字字形最初所表达的含义：斧钺类兵器。于省吾考释此字云："岁之初文……象斧之纳柲形……上下二点即表示斧刃尾端回曲中所余之透空处也，其无点者省文也。"[①] 上举甲骨文"岁"字的最后一个字形 中，存在一个特殊的 形结构， 是甲骨文"步"字，字形从二"止"，"止"就是"趾"的象形本字。对于此形的解释，郭沫若曾有详细的阐述：

> 戊之圆孔以备挂置，故其左右透通之孔，以人喻之，恰如左右二足。是则二点与左右二足形之异，仅由象形文变为会意字而已。……岁戊古本一字；古人尊视岁星，以戊为之符征以表示其威灵，故岁星名岁；由岁星之岁孳乳为年岁字……岁与戊始分化而为二。[②]

---

① 于省吾：《释戉》，《双剑誃殷契骈枝 双剑誃殷契骈枝续编 双剑誃殷契骈枝三编》，北京：中华书局，2009 年，第 143—145 页。

② 郭沫若：《甲骨文字研究·释岁》，《郭沫若全集》（考古编第一卷），北京：科学出版社，1982 年，第 135—154 页。

　　或许正如郭沫若所言，"岁"和"戉（即斧钺之钺的本字）"在最初可能本就是一个字，二者在上古时期的语音亦可相通。斧钺是一种杀伐的工具，因此"岁"在甲骨卜辞中多用来表示割裂祭祀用的动物祭品。唐兰认为此时的"岁""当读为刿，割也，谓割牲以祭也"①。总之，卜辞中的"岁"是一种处理祭祀品的行为动词，也被认为是一种特定的祭名。丁骕认为卜辞中的"岁"字"皆为收获之义"，其中" 字从步……必为岁星之称"，而"殷之岁包括春秋两季"，因此殷商时期是"分一年为两岁"。② 虽然"岁"字后来被用于表示年岁之义，但丁骕所谓的收获之义，在卜辞文例中并无实据。

　　早在殷商时期，"岁"就有了本义以外的引申义。根据《尔雅》"夏曰岁"的说法来看，"岁"字被用来表示"年岁"的意思，应该比"年""祀"等字更早，但具体的时代尚需文字材料的佐证才能下定论。目前并没有可靠的夏代文献足以支撑该观点，因此"岁"在夏代是否存在，且是不是被用来表示年岁之义，我们已无从证实。不过在夏代之后的商代文献里，确实已经有了"岁"字。甲骨卜辞中的"岁"，如上文所言，主要是用来表示祭祀的动词。但在此之外，它还经常与时间指示词"今"组合为"今岁"一词，用以表示时间。

①　唐兰：《天壤阁甲骨文存并考释》，上海：上海古籍出版社，2016 年，第 122 页。
②　丁骕：《释岁》，《中国文字》新十八期，台北：艺文印书馆，1994 年，第 1—3 页。

具体如以下辞例：

> ［1］癸卯卜，贞：今岁受年。 《合集》9648

> ［2］贞：今岁南土受年。 《合集》9739

> ［3］癸卯卜，大贞：今岁商受年。一月。 《合集》24427

> ［4］壬辰，子卜贞：今岁有史（事）。 《合补》6827

"岁"在卜辞中用作祭祀行为或祭祀名，也作为一种处理祭祀牺品的方式，这应该是由"岁"作为斧钺类利器的本义所引申而来的用法。金文中"岁"已经频繁用作表示"岁星"，常有纪时语作"岁在乙卯""岁在丙寅"等，皆是其证。

既然"岁"可以用来表示"年岁"，于是古人便把天体中用以确定年岁的星宿称为"岁星"，这就是我们通常所说的"太岁"。古人根据黄道十二次的划分定位，观测到岁星从西往东绕黄道运行一周的时间为十二年，岁星每经过一个星次即为一年，这就是岁星纪年法。如《国语·晋语四》中的"君之行也，岁在大火"①，即指岁星运行到大火这个星次的时候。有关"岁星"之"岁"，坊间还有一种观点认为古人以岁星纪年，而"步"有经历之义，因此在"岁星"之"岁"上附加"步"旁，此说或许源于许慎解释"岁"字时所提到的"五星为五步"的观点。然许慎之说只能证明"岁"与"木星"的关系，但从古文字形可知，"岁"的最初字义应该就是作为兵器之名，用作岁星是后起之义。后来因其用作岁星纪

---

① 上海师范大学古籍整理研究所：《国语》，上海：上海古籍出版社，1998 年，第 365 页。

年之故，又引申为表示"年岁"之"岁"，这就与现在"岁"的常见用法一致了。

二、年

在岁星纪年法之前，语言中更早用以纪年的文字是"年"。依据《尔雅》的记载，"年"表年岁义主要用在西周时期，但事实上，该字早在西周之前的殷商时期就已经存在。古文字"年"的各时期字形如下：

甲骨文　　　　金文　　　　简帛文　　　　小篆

"年"字甲骨文的下部像一个侧立的人形，上部是人身上所背负着的稻禾之形，这个字形整体所体现的正是庄稼有所收成时，人背负着稻禾的直观景象，因而"年"字最初就是年成、收成之义。甲骨卜辞里常见的"受年"一词，就是指获得好的收成。《说文·禾部》云："年，谷熟也。"[1]《穀梁传》曰："五谷皆熟，为有年也。"[2] 这里的"年"都是指它的本义，只是这个本义后来换了一个"稔"字来表达。《说文·禾部》"稔，谷熟也"[3]，就是其证。谷熟的意思之所以变成由"稔"字来表达，是因为"年"字的形体被借用于表示记录时间的"年岁"之义。古代借字经常有一借不还的

① 许慎：《说文解字》，北京：中华书局，1963 年，第 146 页。
② 承载：《春秋穀梁传译注》，上海：上海古籍出版社，2004 年，第 64 页。
③ 许慎：《说文解字》，北京：中华书局，1963 年，第 146 页。

情况，为了对借字和被借字加以区分，人们往往只能退而求其次，为被借之字原本所表达的含义另外再造一个新的字形。而随着新字形的出现，新旧二字形往往就此分道扬镳，这就彻底完成了用字上的分工，二字从此很少再有瓜葛。"年"字正是如此，由于借用最初表示谷熟之义的"年"来表示时间，久借未还，后又为谷熟之义专造了一个新字形"稔"，因此原字形"年"就只用来表示时间上的年岁之义了。

不过甲骨卜辞中的"年"，大多仍旧用为本义，表谷熟、年成之义。如此，则是不是可以说，《尔雅》所谓的"周曰年"是符合实际的呢？其实也不诚然如此。尽管商代相关的辞例较为罕见，但我们仍旧在卜辞中发现了唯一的一例用"年"表示时称的例子：

[5] □[戌]卜，出贞：自今十年又五王[嘗]……

《合集》24610

在例[5]中，"自今十年又五"按照字面含义就是"自当前的第十五年"。或许有人会认为，这是占卜之辞，但占卜之事跨度长达十五年之久是不符合逻辑的。有关这一点，笔者有如下考虑。"年"字用作量词表示年岁之义，虽然在西周时常有（多见"万年子子孙孙永宝用"等语），但在商代仅见两例，一是上举例[5]，二是晚商帝乙、帝辛时期的"小臣缶方鼎"铜器铭文有"积五年"之语。① 例[5]辞例中署名贞人"出"，显示该版卜辞处于第二期出组，其时段与晚商帝

① 中国社会科学院考古研究所：《殷周金文集成》（第五册），北京：中华书局，1985 年，第 74 页。

乙、帝辛时期相去有一定年代①，当时是否已经出现用"年"表年岁义还有待进一步考证。但若不将此"年"定义为"年岁"，则"十年又五"之语就难以解释。为什么这么说呢？我们知道古人在表数时，往往需要在整数和零数之间加连接词"又"（或"有"），通常以"整又（有）零"的方式表达。这在上古殷商时期也不例外，如金文中就常见"唯十又五年五月既生霸"（十五年趞曹鼎）、"佳（唯）王廿又三年九月"（小克鼎）等。例〔5〕中"整数＋量词＋又＋零数"的形式一般认为在后世更为多见，但事实上它在甲骨卜辞中已经有一定的使用率。除例〔5〕外，还有《合集》321"贞：三十羌，卯十牢又五"、《合集》898"贞：酒祖乙十伐又五，卯十牢又五"等例，由此可知"整数＋量词＋又＋零数"的形式早在殷商时期就已经很普遍。如此，则例〔5〕的"十年又五"格式与"十牢又五""十伐又五"之例又有何不同？例〔5〕的拓版十分清晰，相关字词的字迹也毫无残损，不论从卜辞词义还是语言格式的通例来看，除了将"年"释作表年岁之义的时称字，认为"十年又五"确实是表"十五年"之义外，似乎暂无其他

① 前文述及董作宾据商王世系将甲骨文分作五期，具体分别为第一期武丁时期；第二期祖庚、祖甲时期；第三期廪辛、康丁时期；第四期武乙、文丁时期；第五期帝乙、帝辛时期。陈梦家继而将卜辞中署名的贞卜人名进行系联后分为若干个贞人集团，并以各集团代表性贞人名命名分组，因而有了宾组、出组、何组等卜辞分组概念。此处所指的"出组"所对应的主要是董作宾所分第二期祖庚、祖甲时之人，故该部分卜辞可称为第二期出组卜辞。祖庚、祖甲时代距离第五期的帝乙、帝辛时代至少有数十年之久。

更合理的解释。如此，则"年"用作时称表示年岁之义最早出现在殷商时期，就成为无可置疑的论断。综上所述，我们不能根据《尔雅》所言，认为只有"周曰年"。

除"岁""年"以外，表示年岁相关词义的字还有"祀""载"和"世"。

三、祀

"祀"字最早也见于甲骨文和金文中，且甲金文中该字的可见频率并不低，其具体字形如下所示：

| 甲骨文 | 金文 | 简帛文 | 小篆 |

古文字"祀"是一个很典型的形声字，其中声符是"巳"，而根据作为义符的"示"，可知该字的意义范畴应当与祭祀有关。除《尔雅》所谓"商曰祀"以外，罗振玉也有类似观点，他认为："商称年曰祀，又曰司也，司即祠字。《尔雅》'春祭曰祠'……商时殆以祠与祀为祭之总名，周始以祠为春祭之名。"[1] "祀"字最常用的意思是泛指一切"祭祀"，但它同时也是殷商时期一种专门的祭祀名称。董作宾认为："殷人称一年为一祀，乃帝乙帝辛时之事。此与祀典关系密切……五'祀系'为一'祀统'，即一年中先祖妣五种祭之一周，亦即所谓一祀也。"[2] 从殷商时开始，古人对祭祀鬼神之事就有着

---

① 罗振玉：《殷墟书契考释·礼制第七》，《甲骨文献集成》（第七册），成都：四川大学出版社，2001年，第70页。

② 董作宾：《殷历谱》，《董作宾先生全集》（乙编第一册），台北：艺文印书馆，1977年，第73、90页。

高度的执着。《说文·示部》："祀，祭无已也。"① 就是说祭祀是一种连续不断且有周期性的活动。据常玉芝对周祭制度的研究可知，"祀"在商代主要指周祭五种祭祀实行一轮的周期②，而这种大型祭祀的一整个周期大概相当于我们现在一整个太阳年的运行周期。因此，随着历史演变，这种大型祭祀的循环周期便被冠以"祀"之名，慢慢地，"祀"字就变成了一种记录时间的词。

"祀"在早期商代卜辞中就是用于表示时间的，其最为常见的形式是以某数目字加上"祀"，具体如下例所示：

[6] 叀廿祀用王受口。｜用十祀。　　　　《合集》29714

[7] 口口［卜］，贞：王［宾］……伐，卒［无］咎。在
　　六月，王廿祀。　　　　　　　　　《合集》35368

[8] 王固曰：引吉。佳王二祀彡日，佳……《合集》36734

[9] 癸丑卜，贞：今岁受禾。引吉。在八月，佳王八祀。

　　　　　　　　　　　　　　　　　《合集》37849

[10] ……［在］口月，佳王十祀又九。　《合集》37861

偶尔也有如例［10］"数+祀+又+数"的形式。不过这种以"祀"表时称的用法几乎都出现在卜辞晚期的第五期黄组当中，这是商代最晚的一段时期。而在更早的时期，"祀"字仍旧主要用来表示某祭祀行为，而不表时间。由此可见，"祀"被用来表示时间当是商代晚期才出现的用法。

---

① 许慎：《说文解字》，北京：中华书局，1963年，第8页。

② 常玉芝：《商代周祭制度》，北京：中国社会科学出版社，1987年，第191—216页。

四、载

"载"字的出现时期相对较晚，甲骨文中并没有明确见到相关字形。① 西周金文和战国简帛中虽有"载"之字形，但其用法也无一例是作时称的，可见"载"表时间的用法是晚起的。古文字"载"字形如下所示：

| 金文 | 简帛文 | 小篆 |

《尔雅·释天》："载，岁也。夏曰岁，商曰祀，周曰年，唐虞曰载。"② 郭璞注云："夏曰岁，取岁星行一次。商曰祀，取四时一终。周曰年，取禾一熟也。唐虞曰载，载，始也，取物终更始。"③ 据郭璞的注解来看，作为年岁之义的"载"当取自"物终更始"之义。《广韵》："载，始也。"④《说文》段注云："（载）又假借之为始，才之假借也。才者，草木之初也。夏曰载，亦谓四时终始也。"⑤ 正是这个词义。《诗经·七月》"七月鸣鵙，八月载绩"之"载"也用为

_____

① 卜辞《屯南》4325 中有一个字形与"载"近似，但该拓片残泐过重，字迹难以辨析，刘钊主编的《新甲骨文编》中将该字形释为"裁"。故当前可见卜辞中暂无"载"字的记载。

② 管锡华：《尔雅》，北京：中华书局，2014 年，第 395 页。

③ 十三经注疏整理委员会：《尔雅注疏（十三经注疏）》，北京：北京大学出版社，2000 年，第 188 页。

④ 余廼永：《新校互注宋本广韵》，上海：上海辞书出版社，2000 年，第 389 页。

⑤ 许慎：《说文解字注》，段玉裁注，上海：上海古籍出版社，1981 年，第 727 页。

"始"义。① 中国古代传统文化中一直有除旧布新的观念，以岁末为除旧，以岁初为更始，于是表更始之义的"载"就有了年岁相关的含义。《左传·宣公三年》："桀有昏德，鼎迁于商，载祀六百。"② 杜预注曰："载、祀皆年。"③ 这就表示此时的"载"已有了年岁之义。

五、世

"世"字不见于甲骨卜辞中，其相关古文字形体如下：

金文　　　　　简帛文　　　　　小篆

甲骨文中虽没有单独的"世"字，但出现了以"世"为偏旁或构件的字，如妇名"媟"字即包含"世"之偏旁符号。西周金文则确实已经有了用"世"表年岁之义的情况，如"百世子子孙孙"（师晨鼎）、"其万年世子子孙孙"（恒簋盖）等，均是用此义者。如此则"世"表年岁之义的时间至少可上及西周。不过西周金文中的"世"之用法，与其说是年岁之义，毋宁说是世代之义。《说文·卅部》："世，三十年为一世。从卅而曳长之。亦取其声也。"④ 意即"世"字本是由"卅"字的形体略加拖曳笔画变化而来，也取"卅"之声。林

① 刘毓庆、李蹊：《诗经》，北京：中华书局，2011 年，第 364 页。
② 郭丹、程小青、李彬源：《左传（中册）》，北京：中华书局，2012 年，第 744 页。
③ 十三经注疏整理委员会：《春秋左传正义（十三经注疏）》，北京：北京大学出版社，2000 年，第 694 页。
④ 许慎：《说文解字》，北京：中华书局，1963 年，第 51 页。

义光在《文源》中否认了许慎所谓"三十年为一世"的说法，他认为所谓"卅曳长"并非三十年之意，而是根据古文字形而言，"世"之古文字形体"当为枼之古文，象茎及枼之形。草木之枼重累百叠，故引申为世代之世。字亦作枼"。① 林义光的解释很符合"世"的古文字形体到今文字的演变情况，从上举"世"之金文形体我们也能明显看出它的确象枝叶之形，显然这种字形特征与所谓"三十年为一世"的说法并无关联。《论语·子路》说"如有王者，必世而后仁"，何晏集解时引孔安国曰："三十年曰世。"②《论衡·宣汉》亦有"且孔子所谓一世，三十年也"③ 的说法。许慎的解释或许只是由于古代习称三十年为一世而附会之。

　　"世"作为一种纪时词，它的词义范围所指，在历史演变中定会产生一定的差异。许慎时还认为"三十年为一世"，后来则常常指"世代"（事实上这用法早在西周金文中已有之，如上文所举之例），《诗经·大雅》有"文王孙子，本支百世"④，《左传》有"从政三世矣"⑤，这都是认为父子相承则为一世；再到后来把人或人生在世的一辈子称为"一世"，如纳兰性德有"一生一世一双人"，等等。随着"世"字词义

---

① 林义光：《文源》，上海：中西书局，2012 年，第 107 页。
② 十三经注疏整理委员会：《论语注疏（十三经注疏）》，北京：北京大学出版社，2000 年，第 198 页。
③ 王充：《论衡》，上海：上海古籍出版社，1990 年，第 187 页。
④ 刘毓庆、李蹊：《诗经》，北京：中华书局，2011 年，第 644 页。
⑤ 郭丹、程小青、李彬源：《左传（下册）》，北京：中华书局，2012 年，第 1691 页。

范围的变化，与之相对的一些类似纪时词也就无法与之产生一一对应的关系，比如在古籍文献中，"世"与"代"就具有不同的含义。一般情况下，"世"多指人生在世的一辈子，也用来表示父子相承的一辈，如"四世同堂"就是指祖孙四辈人。而"代"还有表朝代之义，这是它与"世"最大的不同之处。

第二节 季节字类与四时划分观念

除了年、岁等纪年之词外，古人获得的"天授"之时还有四时，即《尚书·尧典》所谓"历象日月星辰，敬授人时"中的"授人时"。尽管从广义上而言，尧帝所授之"人时"并不只有"四时"，但"四时"是众"时"之首却是毋庸置疑的，因而从狭义上也可认为其中所"授"之"人时"即一年四季的四时。"四时"按现在的理解来看，就是所谓"四季"，也就是《荀子·王制》所说的"春耕、夏耘、秋收、冬藏，四者不失时，故五谷不绝而百姓有余食也"[①] 之四时。

春夏秋冬的四时划分，具体可以上溯到哪个时期？它们具体的由来和发展情况如何？对于这些问题的探索，我们均可从历史语言文字中窥其一斑。

一、季

我们不妨从表示四季含义的"季"字开始说起。"季"字出现的年代较早，甲骨文和金文中都普遍出现了，其各时期

---

① 方勇、李波：《荀子》，北京：中华书局，2011 年，第 128 页。

主要古文字写法如下所示：

甲骨文　　　　金文　　　　简帛文　　　　小篆

　　"季"的古文字与现代汉字的结构毫无二致，均是由"禾""子"两个偏旁组合而成。从古文字字形上分析，有观点认为，该字从"子"、从"禾"，是会意的构形方式，字形整体表达幼禾之义。① 《说文·子部》："季，少称也。从子，从稚省，稚亦声。"② 许慎对"季"的解释很难确认是否为其本义。从上举诸古文字的形体结构来看，也无法确定"季"之偏旁"子"是"稚"的省形（古文字中未见"稚"字）。林义光对此有更合理的解释，他认为："季与稚同音，当为稺之古文，幼禾也，从子禾，古作季，引申为叔季之季。"③《说文·禾部》："稺，幼禾也。"④ 可相互为证。不过，若按此理解，则"季"表幼禾的会意方式并非传统会意时采用字符结构的象形意义进行组合会意⑤，它是在已经明确"子"为"少称"含义的基础上所进行的字符结构的组合会意，也就是后世常见的如"不正即歪"等新型的会意方式。且不论这种新

---

① 黄德宽：《古文字谱系疏证》，北京：商务印书馆，2007 年，第 2896 页。
② 许慎：《说文解字》，北京：中华书局，1963 年，第 310 页。
③ 林义光：《文源》，上海：中西书局，2012 年，第 355 页。
④ 许慎：《说文解字》，北京：中华书局，1963 年，第 144 页。
⑤ 传统会意字的会意方式多由两个及以上的象形符号组成，这些象形符号根据组合方式的不同而表达一种象形符号组合之后的整体意象含义。如人形符号依靠着树木形符号所组成的字符结构，可以据其结构形式会意为"人靠木休息"，故此组合结构作为"休"字，表达"休息"之义。

型的会意方式是否已经确实出现于上古时期，在没有进一步
的证据足以证明"季"字构形方式之来源的情况下，我们似
乎无法坚决否认"幼禾"就是"季"的原始会意理解。然而
值得注意的是，在古籍文献中，这种表幼禾之义的"季"是
没有留存痕迹的。在最早的商代文字中，"季"既非所谓"少
称"，也非"幼禾"，其所见示例如下：

[11] 贞：侑于季。　　　　　　　　　　　《合集》14711

[12] 季弗害王。　　　　　　　　　　　　《合集》14719

[13] 己卜弜告季于今日。　　　　　　　　　《花东》249

　　上举甲骨文各例中的"季"字是个专名，它是表示某商
代先公人名的专字，一般作为商人祭祀的对象。而从此字义
用法上，我们无从推断"季"的造字理据以及它和"幼禾"
或"少称"之间的关联。最早用"季"表示"少称"之义者
见于西周铜器铭文：

[14] 唯正月季春吉日丁亥。　　　　　越王者旨于赐钟

[15] 正月季春。　　　　　　　　　　　　　栾书缶

　　其中"季春"指春季的第三个月，是孟仲叔季之季。除
此之外，后世古籍文献中的"季"也多用作"少称"，用以指
称家族中最年少者。《仪礼·士冠礼》有："曰伯某甫。仲、
叔、季，唯其所当。"[1] 注解曰："言伯、仲、叔、季者，是长
幼次第之称。"[2] 这也就是我们常见称谓中的"孟仲叔季"，

---

① 彭林：《仪礼》，北京：中华书局，2012 年，第 31 页。

② 十三经注疏整理委员会：《仪礼注疏（十三经注疏）》，北京：北京大
　　学出版社，2000 年，第 58 页。

如兄弟中最小的称为"季弟"。"季"字后来由"少称"之义引申为表示一个季节中的最后一个月，如《礼记·月令》有"季春之月，日在胃，昏七星中，旦牵牛中"①，"季春之月"指的就是春季的最后一个月（即上引金文中的用法）。"季"字用以表示四季之季则是更久之后的事了。

二、春

作为四季之首的"春"，其字形原本并不是用来表示"春季"之义的，它的造字意图其实是以会意的形式表达草木在阳光下萌生之景象。这从"春"字的古文字形体可窥知一二，其具体字形如下：

甲骨文　　　　金文　　　　简帛文　　　　小篆

从上述古文字形体来看，这些字形似乎与现在的"春"字毫无相似之处。事实上，"春"字有一个异体字写作"萅"，结构从"艸"、从"屯"、从"日"，知道了这个异体字，也就能理解上述古文字形体了。诸古文字形体中所包含的偏旁或构件对应的正好就是"萅"的三个主要部件。② 而从甲骨文结构可以很明显地看出，字形从屮、从木、从日，正是对草木于日光中萌生之景象所进行的直观描绘，而其中作为偏旁

——————

① 杨天宇：《礼记译注（上）》，上海：上海古籍出版社，2016 年，第 228 页。
② 甲骨文中该字有多个"木"旁，是因为古文字中经常有艸（或屮）、木偏旁混用的情况，此"木"与"艸"的表义是一致的，且"木"或"艸"的数量多少在大多数时候并不影响具体表义。

的"屯"仅作声符，不参与表意。

《春秋公羊传·隐公元年》有言："春者何？岁之始也。"① 人们最初以"春"来表示一年之首，大概就是从其字形所表示的草木初生之义引申而来的。有意思的是，"春"的这种萌生、萌动之义，也在其他包含"春"的字符中有所体现。如"蠢"与"春"字音近，《说文·蚰部》释"蠢"为"虫动也"②，《尔雅·释训》则将"蠢""动"二字同训为"作也"③。可见"蠢"字原本就有动、作之义，其愚钝之义是后来才有的。词语"蠢蠢欲动"，就是从"蠢"的这个动、作之义而来。近年有学者将甲骨文中过去释为"屯"的字释读为"蠢"④，也正是基于此二者关联密切。

甲骨卜辞中的"春"字是实实在在的时称，常见与"今"组合为"今春"等语，如：

［16］戊寅卜，争贞：今春众屮工。十一月。　《合集》18

［17］壬子［卜］，□贞：今春受年。九月。　《合集》965

其中"今春"指当前最近的春天，"春"表示的正是四季之首的春季之义。由此可知，"春"表四时的用法最早见于甲骨文，在殷商时代人们的意识领域中确实已经存在"春季"的观念。

---

① 王维堤、唐书文：《春秋公羊传译注》，上海：上海古籍出版社，2016年，第1页。
② 许慎：《说文解字》，北京：中华书局，1963年，第284页。
③ 管锡华：《尔雅》，北京：中华书局，2014年，第109页。
④ 蒋玉斌：《释甲骨金文的"蠢"兼论相关问题》，《复旦学报（社会科学版）》，2018年第5期。

三、夏

| 甲骨文 | 金文 | 简帛文 | 小篆 |

"夏"的古文字形体如上所示。最早的"夏"字见于甲骨文,从其字形结构特征来看,当是一个会意字。其形体下部呈现的是一个侧面跽坐的人形,在人形上部突出了头部的形状(即"首"字),又于上部人形的上方附加一个"日"字符号。此字形的具体构形含义暂且不明,因此对此字本义的理解尚不充分。在卜辞中可见的"夏"字是一个专有名词,它无一例外均用于表示人名,如:

[18] 癸巳卜,夏贞:翌日祖甲岁其牢。   《合集》27336

卜辞中的"夏"作为人名,指甲骨文第三、四期时一个负责贞卜事宜的贞人。我们无从根据专名追溯"夏"字的本义。不过根据"夏"之甲骨文字形,也有人推测其最初是会夏日灼人之意。① 这当然只是一种见解,终究无从考证其说真伪。金文"夏"字的第二个形体是在人形上附加了表示手的符号,有时也会附加表脚趾之义的"止",第三个字形则是将下部人形换作"女",总体而言金文字形的构形方式与甲骨文差异不大。《说文·夊部》:"夏,中国之人也。从夊、从页、从臼。臼,两手;夊,两足也。"② 许慎说解的字形正与金文中的

---

① 黄德宽:《古文字谱系疏证》,北京:商务印书馆,2007年,第1314页。
② 许慎:《说文解字》,北京:中华书局,1963年,第112页。

繁复结构相符。遗憾的是，金文中的"夏"字也是称谓用的专字，难以定其本义。不过战国楚简中的"夏"为我们对该字的释义提供了一点可喜的信息。一般认为"夏"字楚简字形是形声字，从日、夏声，如包山简《卜筮祭祷记录》第200简有"夏栾有喜"之语①，其中"夏"之字形为𡔉，"夏栾"一般认为是楚国的纪月专名，而其中的"夏"极可能就是表"夏季"之"夏"。随着字形演变，小篆时期的"夏"已经渐渐失去了其最初的象形而呈现出现代汉字的大致形体了。

有关"夏"字的字义，《释名·释天》云："夏，假也，宽假万物，使生长也。"② 这应该是一种声训。"夏"字包含"大"的意思。《方言》释"夏"为"大"，并说："自关而西秦晋之间，凡物之壮大者而爱伟之谓之夏，周郑之间谓之嘏。"③ 这就是指"夏"的壮大之义。"夏"的这个壮大之义，在古籍文献中也较为多见，如《诗经·权舆》："於我乎夏屋渠渠，今也每食无余。"④ 诗中的"夏屋"就是指高大的屋子。《楚辞·哀郢》："曾不知夏至之为丘兮。"⑤ 注曰："夏，大殿也。"⑥ 也是一例。"夏"的高大、壮大之义，后来多用"厦"来表示，亦即我们现在所说的"华屋广厦"之"厦"。

---

① 湖北省荆沙铁路考古队：《包山楚简》，北京：文物出版社，1991年，图版八九，释文第32页。
② 祝敏彻、孙玉文：《释名疏证补》，北京：中华书局，2008年，第7页。
③ 李发舜、黄建中：《方言笺疏》，北京：中华书局，2013年，第43页。
④ 刘毓庆、李蹊：《诗经》，北京：中华书局，2011年，第327页。
⑤ 林家骊：《楚辞》，北京：中华书局，2010年，第122页。
⑥ 黄灵庚：《楚辞章句疏证》，北京：中华书局，2007年，第1423页。

中华民族自古称为"华夏",其实"华"与"夏"在上古时期是同音的两个字,《尚书·舜典》云:"蛮夷猾夏。"传曰:"夏,华夏。"正义云:"夏训大也,中国有文章光华,礼义之大。"① 因此也有不少学者认为,"夏"用以表示大,而夏季正是万物皆长的时候,故用"夏"来表示万物盛大(茂盛)的夏天。当然,这只能作为一种推测意见,暂时还没有实证予以支撑,故有关"夏"字构形理据的考证还有较大深入研究的空间。不过从古文字的表意结构来看,也可大致推知,"夏"被用以表示季节之义,极大可能只是一种借用,因为该义与其最初的古文字形体之间很难被认为有直接的象形或会意关联。

四、秋

"秋"是个很有意思、很有生机的字符,它的古文字形体与今文字相差较大,具体字形如下:

| 甲骨文 | 金文 | 简帛文 | 小篆 |

"秋"字最早见于商代甲骨文,其形体是一只昆虫的象形。有人根据"秋"的象形形态,认为其古文字字形是指秋收之际常见的一种蝗虫,由此推测古人正是以秋季常见的昆虫形态来表示抽象概念上的秋之季节的。秋季本为谷熟时节,《说文·禾部》:"秋,禾谷熟也。"② "秋"从其本义"谷熟"

---

① 十三经注疏整理委员会:《尚书正义(十三经注疏)》,北京:北京大学出版社,2000年,第89—90页。
② 许慎:《说文解字》,北京:中华书局,1963年,第146页。

慢慢发展到表示谷熟的时间，即秋季之义，这是符合思维逻辑的。"秋"表时间之义的用法在商代甲骨文中可以找到明确的实证，卜辞中习见有如下例：

[19] 乙未。余卜，贞：今秋我入商。　　　　《合集》21586

[20] 贞：今秋禾不菁大水。　　　　　　　　《合集》33351

[21] 丁亥卜，贞：今秋受年，吉秭。吉。　　《屯南》620

卜辞中"今秋"与"今春"的用法一致，显然是就时间而言的。"年""禾"的收成是应季之事，卜辞辞例中常见的"受年""受禾"等语，正可证明"秋"字所表示的时间应该就是我们现在所谓秋收时节的秋季。卜辞中的"今秋"等语，可确证上古殷商时期的人类意识中已经存在"秋季"的概念。

五、冬

| 甲骨文 | 金文 | 简帛文 | 小篆 |

"冬"字的甲骨文字形从结构上很难解释其造字意图，因此对其字义的说解至今未有定论。但"冬"字是"终"字的初文，这个结论早已成为学界的共识。对于上古时期是否已经有冬天这个季节的概念，至今还未有明确的定论。《说文·仌部》："冬，四时尽也。从仌、从夂。夂，古文终字。"① 段注曰："冬之为言终也。《考工记》曰：水有时而凝，有时而

---

① 许慎：《说文解字》，北京：中华书局，1963年，第140页。"仌"即"冰"，许慎的解释是以"冬"表冬天之义的，故释"冬"字中含有表寒冷之义的"冰"符。

释。故冬从仌。"① 这是针对篆文"冬"的解释。许慎认为
"冬"是"终"之古文。《说文·糸部》云:"终,絿丝也。"②
或认为"终"之本义是纺砖,其字形对应上举"冬"之甲骨
文、金文、简帛文等形。不过段玉裁也认为许慎所谓"絿丝"
是讹字。通过许慎和段玉裁对"冬"与"终"的解释,结合
甲骨文"冬"形读为"终"③,可知"冬""终"二字在上古
时期至少在语音上是极其相近的。甲骨文字形"∩"一般被
释为"冬",但也时常注明其本字为"终"或读为"终",这
大概是由于从字形结构上而言,"∩"形不从"糸"旁,故将
其隶定为"冬"更符合实际。但其实在字用上,卜辞里的
"∩"并不表示冬天之义,它的主要用法如下:

[22] 贞:不其终夕雨。　　　　　　　《合集》12998

[23] 辛未卜,内,翌壬申启。壬终日𦣞(阴)。

《合集》13140

[24] 丙辰卜,𣪘贞:帝隹其终兹邑。|贞:帝弗终兹邑。

《合集》14209

　　诸例之中的"冬"字在释文工具书中多以"终"为之,
正说明卜辞中该字用为"终"的实际状况。其中例[22]和
[23]当用如后世"终"之义,"终夕"指一整个夕时,而

---

① 许慎:《说文解字注》,段玉裁注,上海:上海古籍出版社,1981年,
第571页。
② 许慎:《说文解字》,北京:中华书局,1963年,第273页。
③ 于省吾:《甲骨文字诂林》,姚孝遂按语编撰,北京:中华书局,1996
年,第3130页。

"终日"指整日。例［24］的"终"用在副词"其"和"弗"之后，词义待考，但从此用法来看，其为动词的可能性极大。总之，卜辞中并无以"终"或"冬"表示冬天之义的例子。

"终""冬"既然在甲骨文时期已经被认为是一字分化，那它们在意义上的关联又当作何解释呢？《春秋繁露·天辨在人》曰："冬，丧物之气也。"①由此可见，"终"的意思就是万物萎败、萧条，指的是万物的终点之义。在这个含义上，它与"冬"季万物萧条之义正好是一致的。以"冬"表冬季之义当是"冬"字分化出"终"以后的事，至少在甲骨文和金文中暂时还没有确定以"冬"之字形表示冬季这个概念的用法，因此对于上古时期是否存在冬季的概念，学人多抱持怀疑态度。

第三节　古代岁时制度与王权观念

通过对上述纪年字类和季节字类中所体现的古代岁时和四时划分制度的了解，我们可以很清晰地感受到，古代岁时制度的形成，与早期中国王权观念之间其实存在着密不可分的联系。整体而言，岁时制度应当包含纪年制度和四时划分制度等与时令相关的一切制度和观念。此处我们仅就纪年和四时划分的问题来讨论，因为它们的确定具有更为浓重的政治色彩，尤其以《尚书·尧典》所体现的四时观最为突出。

---

① 张世亮、钟肇鹏、周桂钿：《春秋繁露》，北京：中华书局，2012 年，第 433 页。

一、四时观与统治者权威

就四时观而言，上古时期的四时观念与我们现在所说的四季概念未必完全对等，但它们同样是将一整个周期年按照气候变化进行时段划分的结果。人们根据这种时段的划分从事农业活动，有利于作物的成长和收获。起初的四时概念（或说"四时"观念之萌芽）产生于少数从事农业实践的经验者，这些富有经验的人从农业实践中慢慢掌握了应时耕种可获得更好收益的这个"窍门"。这样的经验者很快可以收获群众的拥护，这或许就是早期社会群体的形成模式。随着社会群体的合并和壮大，这种群体会逐渐发展为部落。而那些处于群体首领地位的少数人，仍旧手握这个农业生产的"窍门"。领袖们尝到了被拥戴的益处，为了更好地稳固自身的首领地位，他们会给手握之"窍门"蒙上一些神秘的宗教色彩，比如宣扬这种技能是由"天授"而来，而他们这些领袖则是"天授"行为的唯一接受对象。其他普通民众若想获得这种"天授之时"，只能经由群体的领袖转授。在形成统一的王朝后，过去的群体领袖成为百姓的统治者，统治者仍旧垄断了"天授之时"，百姓要想根据准确的四时进行春耕秋收等农业行为，就需要严格遵守统治者所颁授的四时历法。这就是我们所说的，古代四时观念与封建王权观念之间水乳不分的关联。

不过，古代统治者颁授四时历法的行为也有一个非常漫长的发展过程，即对于四时的具体划分方式并非一蹴而就，它因不同的时期、不同领袖的转授方式而有丰富多样的表现形式。《鹖冠子·环流》云：

> 斗柄东指，天下皆春；斗柄南指，天下皆夏；斗柄西指，天下皆秋；斗柄北指，天下皆冬。[①]

这是古人利用北斗星以分四时的例子，当然这也只是"历象日月星辰"的其中一种体现。

春、夏、秋、冬这四时的称呼，最早起源于何时，至今仍很难下定论，但最晚可能不会晚于西周时期。当前可见的甲骨文文献中，对于季节的纪时词，只见春秋，不见夏冬。《诗经·豳风》作于西周，其中《七月》有"春日载阳"[②]，此外，《小雅·出车》还有"春日迟迟"[③] 等语。《尚书·盘庚》也有"若农服田力穑，乃亦有秋"[④] 之语。甲骨文中虽有"夏"字，但只作为人名使用，未见表示时称者；虽有"冬"字，但亦只用作"终"，并无表季节等时称含义。由此可见，至少在殷商时期，一年内的季节划分，仍当以春、秋二季为分。据常玉芝统计，殷商时期的春季相当于殷历的十月到三月，秋季相当于殷历的四月到九月，而当时岁末岁首的交接是在种黍和收麦之月。[⑤]

也有学者认为，商代一年分为春、秋两季，与人们重视农业活动有关，而非当时人的观念意识里没有夏冬两季

① 黄怀信：《鹖冠子校注》，北京：中华书局，2014 年，第 70 页。
② 刘毓庆、李蹊：《诗经》，北京：中华书局，2011 年，第 363 页。
③ 刘毓庆、李蹊：《诗经》，北京：中华书局，2011 年，第 418 页。
④ 王世舜、王翠叶：《尚书》，北京：中华书局，2012 年，第 106 页。
⑤ 常玉芝：《殷商历法研究》，长春：吉林文史出版社，1998 年，第 425—426 页。

的概念。① 春秋二时的出现时间，目前尚难确定，但从文献资料记载来看确实不会太晚。《尚书·尧典》云"日中星鸟，以殷仲春"，其中"星鸟"即古代天文学中的南方朱雀七星。有人认为以鸟星定春分的方式，或与候鸟南飞的习性有关。据《尚书》中所呈现出的古人依天象以定四时的情况，于省吾认为先民对四时进行明确划分的节点最早应该不会超过西周末叶。② 但也有天文学家认为《尚书》中提到的"日中星鸟""日永星火"等天文现象所出现的时代处于夏代初期。③ 总之，限于文献的不足，我们至今仍旧很难确定商代是否存在夏、冬的概念。但不管怎么说，从目前所存的文献记载来看，在古人的四时观念中，比起夏、冬二季而言，显然是更重视春、秋两季的，因此二者更常被连用。古人常以"春秋"二字来表达春、夏、秋、冬四季之义，它也常被古代史书用来作为专名，如《孟子·离娄下》的"晋之乘，楚之梼杌，鲁之春秋，一也"④，说的就是鲁国的史书《春秋》。后来，一年被划分为春、夏、秋、冬四季，一年中的十二个月则进一步按照孟、仲、季的顺序逐一将四季交替命名为孟春、仲春、季春，孟夏、仲夏、季夏，孟秋、仲秋、季秋，孟冬、仲

① 宋镇豪：《中国风俗通史·夏商卷》，上海：上海文艺出版社，2001年，第 446 页。
② 于省吾：《岁、时起源初考》，《历史研究》，1961 年第 4 期。
③ 赵庄愚：《从星位岁差论证几部古典著作的星象年代及成书年代》，《科技史文集》第 10 辑（天文学史专辑 3），上海：上海科学技术出版社，1983 年，第 69—92 页。
④ 方勇：《孟子》，北京：中华书局，2010 年，第 158 页。

冬、季冬。当然，这是很久以后的事了。

总而言之，不论是四时的确定，还是对四时的具体划分，凡与重大岁时相关的制度，往往需要借助统治者或上位者之手才能确定其正统地位。这种根深蒂固的观念之所以常埋于古人的意识领域，正是因为它早在最初时期，就是为王权统治的目的服务，并由此逐步发展而来的。

二、时间与王权

除了以"民时天授"的观念来稳固"不违时序"的礼制制度外，统治者还常常以其个人在位的时间配以年号的方式来纪年，这也是一种在思想意识上将时间观念与王权统治进行紧密捆绑的证明。西周铜器铭文的开篇总冠以类似"唯王元年六月既望乙亥"之语，《春秋》经文篇首亦作如是语，这种将"王"与年号紧密关联的方式，是使王权与"时"不可分割，进一步在民众的思想上巩固"民时王授"的观念。不仅如此，后世每有新的帝王即位，常伴有"建元"或"改元"之举，这说明每个新的统治者一登大统之后，总会把纪年等时令的授予一事先行掌握在手，这也正说明了王权与"授时"观念之间密不可分的关系。

天子还有以天干为名的情况。以干支纪年起源于何时已经很难考证，但干支用字的出现最初当在夏朝。夏朝可见部分帝王采用天干为名，如"孔甲""胤甲""履癸"等。有人认为"太康"和"少康"之"康"实际是"庚"字，甲骨文中"康"与"庚"在字形上的关联可予以证明。① 如果偶见

---

① 甲骨文中，"康"作𩰤，"庚"作𩰤，前者字形是在后者字形的基础上缀加了若干小点，在构字意图上，二者当有孳乳演变关系。

一个以天干为名者，或可称之为偶然，但既已存在多个以天干为名的夏王，则基本可以认定夏代帝王确实惯以天干为名。

天干地支的造字来源大都很难考证，因为从字形结构而言，它们多是假借字，也就是说，干支字的出现，最初极可能是借用某个已经成形之字的读音来表义的。表3-1呈现了十个天干用字的各时期古文字形体，从它们的形体上均难以找到与其词义所表示的抽象时间概念之间的直接联系。

表3-1 天干用字的古文字形体

	甲	乙	丙	丁	戊	己	庚	辛	壬	癸
甲骨文	＋	〈	𠁡	□	𢦏	己	𤰞	𢆶	工	𢆶
金文	＋	〈	𠁡	●	𢦏	己	𤰞	𡨚	壬	𢆶
简帛文	甲	乙	𦥑	𠁡	𢦏	己	𤰞	辛	王	癸
小篆	甲	乙	丙	个	戊	己	庚	辛	壬	癸

古人常以生日或死日为名①，故当时的帝王以天干为名也就有了合理的解释。不仅夏代如此，商代先公先王更是普遍以天干为名，如"太甲""武丁""盘庚""帝辛"等，几乎

---

① 《殷本纪》司马贞索隐引谯周云："夏、殷之礼，生称王，死称庙主。"详参司马迁：《史记》，北京：中华书局，1963年，第93页。

少有例外。① 按照常规的理解，当时若普遍都以干支字为名的话，那世间必然有无数重名者，这种可能性显然不大。当然也可以认为，当时除贵族以外，普通老百姓其实没有资格获得名姓，但这也不太符合实际，毕竟日常生活中没有称谓终究是不便于生活的。所以不管名贵名贱，或是否有正式的名称，普通百姓之间相互的称呼总该是有的。而时王在未成为王之前，作为贵族，他们必然也有称呼，只是这个称呼可能未必如其登位后的称谓那么尊贵，也未必都以天干为名。其中或许隐含了一种独特的思想观念，即天干用于人名非一般等级者可为之，否则将无以彰显帝王贵族的尊贵身份。所以我们不妨大胆猜想，用以纪时的天干用字，因为"时"之尊贵，而被统治者和贵族用来冠以名姓，这不仅是将"时"与统治者进行紧密捆绑，也是用以彰显统治者"天子"之尊贵身份的一种独特方式。

---

① 《殷本纪》司马贞索隐引皇甫谧说："'微字上甲，其母以甲日生故也。'商家生子，以日为名，盖自微始。"详参司马迁：《史记》，北京：中华书局，1963 年，第 93 页。

第四章

月令字类与天文时间观

相对于太阳历，古人纪时的历法还有太阴历。太阴即月亮，太阴历即以月亮的盈亏变化为基本周期来记录时间的纪时方式。人们在地球上所能看到的月亮形态会随着天体运转轨迹的不同而呈现出不同的圆缺变化，这种月亮形态的变化即月相。经过长期的观察，先民逐渐认识到月相的变化是具有周期性的，它时而圆、时而缺，圆缺之间周而复始、往复循环，于是便在这种周期性的变化中萌生出了时间的概念，进而将月相完成一个圆缺变化的周期视作一个时间段的单位，这个时间段单位，就是"月份"。

通过观察月相以记录月相变化时间的方式，对应观测日影纪时的方式而言，可称之为"观月纪时法"。这种纪时法在语言文字层面所留下的痕迹主要集中在西周、春秋时代的历史文献中，如常见于西周时期的"既生霸""既死霸"等月相术语即包含其中。《尚书·尧典》曰："以闰月定四时成岁。"① 传曰："一岁十二月，月三十日，正三百六十日……未盈三岁足得一月，则置闰焉，以定四时之气节，成

① 王世舜、王翠叶：《尚书》，北京：中华书局，2012 年，第 7 页。

一岁之历象。"① 从中可以看出，古人以"月"作为纪时词的意义，远超过将其视作普通时间单位的作用。

第一节　月令字类与月相术语

在上古时期的语言中，纪月之词主要以一批用"月"为义符的月令类字词和月相术语的形式呈现。

《说文·月部》："月，阙也。大阴之精。象形。"② 段注云："月、阙叠韵。《释名》曰：月，缺也。满则缺也。象形。象不满之形。"③ 据段玉裁的解释可知，"月"所指的实际是缺月之形，即月亮在自然周期变化中最为常见的亏缺形态。月亮在一月之内的盈亏形态往往以农历月首和月中时的变化最为显著，月首表现为最尖细的月牙形，月中则表现为最满盈的月圆形，古人在记录月首和月中阶段这种月亮盈亏现象时，采用的是"朔"和"望"的概念，"朔""望"二字即所谓月令类字词。

除了以"月"为义符的月令字类外，用以纪月的时称还有一些与记录月相观测行为等相关的月相术语。如传世文献的记载中，《诗经·小明》有："我征徂西，至于艽野。二月

---

① 十三经注疏整理委员会：《尚书正义（十三经注疏）》，北京：北京大学出版社，2000 年，第 35 页。
② 许慎：《说文解字》，北京：中华书局，1963 年，第 141 页。
③ 许慎：《说文解字注》，段玉裁注，上海：上海古籍出版社，1981 年，第 313 页。

初吉,载离寒暑。"①《尚书·顾命》曰:"惟四月哉生魄,王不怿。"②《尚书·召诰》有:"惟二月既望,越六日乙未,王朝步自周,则至于丰。"③《逸周书·世俘解》云:"越若来二月既死魄,越五日甲子朝至接于商。"④ 这些文献中的"初吉""哉生魄""既望""既死魄"等语都是历代记录月相观测的术语,这些术语的来源与术语用字中大多包含"月"之字符。

一、朔

作为月令用字,朔望之"朔"是首先需要被提出来讨论的文字。该字最早见于西周金文,其主要古文字形体如下:

金文　　　　简帛文　　　　石刻文　　　　小篆

用作时称时,"朔"字所表达的时间含义一般被认为指月初时分,即农历每个月的第一天。《说文·月部》:"朔,月一日始苏也。从月、屰声。"⑤ 段注对此有更详尽的解释:

> 朔、苏叠韵。《日部》曰:晦者,月尽也。尽而苏矣。
> 《乐记》注曰:更息曰苏。息,止也;生也,止而生矣。

---

① 刘毓庆、李蹊:《诗经》,北京:中华书局,2011年,第559页。
② 王世舜、王翠叶:《尚书》,北京:中华书局,2012年,第303页。
③ 王世舜、王翠叶:《尚书》,北京:中华书局,2012年,第217页。
④ 黄怀信、张懋镕、田旭东:《逸周书汇校集注》,上海:上海古籍出版社,2007年,第414页。
⑤ 许慎:《说文解字》,北京:中华书局,1963年,第141页。

引申为凡始之称。北方曰朔方，亦始之义也。朔方，始万物者也。①

段氏此言明确指出"朔"为月之初、月之始的本义。许慎认为其字"从月、屰声"，是认为"朔"字中的"屰"旁在字中用作声符。但事实上，此"屰"未必只是声符。"屰"字甲骨文写作 ，它是一个倒立人形的象形，该形是"逆迎"之"逆"的初文。甲骨文的"屰"发展到小篆时期，字形稍加讹变成了 形。"屰"为"逆迎"之义，月初是月亮盈亏变化一整个周期的初始，也就是即将迎来新月之时，故以"屰""月"二者组合，以表示即将迎来的月初之义。此说是立足于字形演变的角度对"朔"字之所以从"屰"旁，在字符意义上的关联所作的解释，可作为一种参考。基于此观点，或可认为"屰"在作声符的同时也兼用于表义。《尚书·舜典》曰："正月上日，受终于文祖。"② 传曰："上日，朔日也。"正义曰："月之始日，谓之朔日。"③ 可见典籍中也基本以"朔"指称月之始日。

"朔"字不见于最早的商代甲骨文，但常见于西周金文，其在铜器铭文中也确实有表朔日之义者，如：

[1] 公朱（厨）左㝅（官）十一年十一月乙巳朔。

公朱左师鼎

---

① 许慎：《说文解字注》，段玉裁注，上海：上海古籍出版社，1981 年，第 313 页。

② 王世舜、王翠叶：《尚书》，北京：中华书局，2012 年，第 16 页。

③ 十三经注疏整理委员会：《尚书正义（十三经注疏）》，北京：北京大学出版社，2000 年，第 66 页。

"朔"表月之初始的含义，是从观测月相过程中所获得的有关时令的表达，而根据古人"民时天授"的观念，这种时令概念的获取还需要一个授时的步骤。《周礼·春官·大史》曰："颁告朔于邦国。"① 注曰："天子颁朔于诸侯，诸侯藏之祖庙。至朔，朝于庙，告而受行之。"② 具体描绘了将"朔"颁授于民的过程。

二、朢（望）

相对于"朔"的月初之义，"望"则表月满时的月中时分，即农历每个月的十五号。"望"字本作"朢"，从"亡"的字形是后起的。《说文·壬部》："朢，月满与日相朢，以朝君也。从月、从臣、从壬。壬，朝廷也。睡，古文朢省。"③ "朝君"大概是许慎的附会，但"月满与日相朢"表达的含义是与"朢"字原始字形的表意结构略相符合的。"朢"字的古文字形作如下写法：

甲骨文　　　金文　　　　简帛文　　　　小篆

甲骨文"朢"字是一个会意字，其所表达的是一个侧立人形在人首处特别突出了竖"目"之状，下部是人形的脚下立于高地之状，字形整体呈现出一幅人形跂足而望的景象。学

---

① 徐正英、常佩雨：《周礼（上册）》，北京：中华书局，2014 年，第551 页。
② 十三经注疏整理委员会：《周礼注疏（十三经注疏）》，北京：北京大学出版社，2000 年，第 816 页。
③ 许慎：《说文解字》，北京：中华书局，1963 年，第 169 页。

者考释说该字的"契文与许书古文正同，象人引领企趾举目而望之形。金文增月，盖于举头望月，取象日月丽天，人所共见。日光强烈，故字不从日也"①。也有学者认为金文"朢"字与甲骨文同，象举目远瞩形。金文或借为朔望，故加月旁作🈸。后又将形符目改作声符亡，写作望。② 金文中的"朢"追加了一个"月"旁，是字形结构的繁化现象。简帛文中该字的结构如现在汉字的"望"，字形从"亡"旁而不从竖目状的"臣"旁。

《说文》解释字形时所提到的"壬"字从"人"、从"土"，它所描绘的是一个侧立的人形，在其脚部有一个土块状物。整体字形结构所表达的就是一个人挺立于高处，有所瞻望形。"壬"字最初的意思应该是跂足而望之人，表示的是挺立之意，也就是"挺立"之"挺"的本字，"朝廷"之"廷"也由此而来。古文字"朢（望）"中的"壬"形在后世字形演变过程中讹变为"王"，这才有了现在的"望"字。

在字义解释上，古人认为月满则可供人瞻望，故以"望"表每月十五日月圆之时，这种解释的角度，或可为"望"字表达古人观察月相变化的情景写实提供参考的依据。以"望"表满月时的月中时分，金文常见"既望"一词，如：

[2]唯九月既望，甲戌，王格于周庙。　　　　　　　无叀鼎

---

① 李孝定：《甲骨文字集释》，台北："中研院"历史语言研究所，1970年，第2711—2713页。

② 戴家祥：《金文大字典》，上海：学林出版社，1995年，第2166页。

〔3〕唯廿年正月既望，甲戌，王在周康宫。旦，王格大室
即位。 走马休盘

月中叫作"望"，近在望日之后的日子叫作"既望"。铭
文中的"既望"紧接于月份词后，它显然是个时称无疑。有
一种把一个月份进行四等分的纪日法，每一等份都有其特定
的称谓，"既望"就是其中的一个等份。该纪日法在后世不再
使用，但相关称名在典籍文献中仍有所记载，如《前赤壁赋》
中就有"壬戌之秋，七月既望"之语。有关"既望"具体所
指的时间段，有学者认为其所对应的是"满月"至"月亮出
现亏缺"的这段时间。[①]

"望"表满月的含义，在西周铜器铭文中是非常常见的，
足见至少在西周时期，该时间观念的表达已经十分成熟。那
么，是否早在西周之前，这个概念就已经存在或已经固定下
来了呢？我们认为答案是肯定的。西周紧接商代，在文明上
也基本继承了商代，对于需要长期观测才能准确把握其具体
时间节点的"望"，它的产生不可能是短时间之内突现而来
的。光是把握观测结果并记录总结出月相的规律，就必须花
费足够长的时间，而到正确把握月相规律并将"望"作为纪
月时称，其中必定也需要延续相当长一段时间的约定俗成，
最终才能逐渐固定下来。把这整个演变周期在时代的纵向上
往前略推，进而得出结论——商代已经存在"望"的概念，
是符合历史发展规律的。商代卜辞有多次关于"月食"的记

---

① 景冰：《西周金文中纪时术语——初吉、既望、既生霸、既死霸的研
究》，《自然科学史研究》，1999 年第 1 期。

录，足见当时的人们确实存在观测月相的行为。毕竟相较于每月可见的"朔望"现象，"月食"的现象明显需要更久的观测方能捕捉到。连更为罕见的"月食"现象都能准确捕捉到的商代人，没道理观测不到每月直观可察的"朔望"现象。既然"望"表满月之时的概念极大可能已经出现在商代，那为什么商代的甲骨卜辞中从不见有关"朔望"的文字表达呢？我们认为这或许是由于卜辞内容主要为占卜事项的限制之故，当然也极有可能是因为当时有关"朔望"的概念其实另有他字来完成表达，只是我们尚未发觉。不管怎样，商代存在"朔望"概念是可以想见的，且是极有可能的。

卜辞中有"夕血"一语，辞例如下：

[4] 己未夕血庚申月有[食]。　　　　《合集》40204 反

辞中"血"字的形体写作"𧗹"，裘锡圭先生释该字为"血"，认为它同时也是"衁"字的表意初文。① "衁"字从血、亡声，与"望"字在语音上有所关联。也有学者认为此"𧗹"字当释为"皇"，而"皇"对应的就是"望"，如此，则"夕𧗹"释为"夕皇"，它或许就是后来"朔望"一词的原型。② 这些观点均可为我们对"朔望"一词的了解提供参考。

三、霸

在纪月用语中，"生霸""死霸"等语是除了"朔望"以

---

① 裘锡圭：《释殷虚卜辞中的"𧗹""𧗹"等字》，《裘锡圭学术文集·甲骨文卷》，上海：复旦大学出版社，2015 年，第 391—403 页。

② 陆星原：《卜辞月相与商代王年》，上海：上海社会科学院出版社，2014 年，第 29 页。

外最为常见的用法。"霸"字最早在甲骨文中已经出现，但其可见数量极少，且从辞例中无法判断该字的具体用法。最早以"霸"为月相专用词的情况出现在西周铜器铭文中。古文字"霸"的写法如下：

<table>
<tr><td>甲骨文</td><td>金文</td><td>小篆</td></tr>
</table>

《说文·月部》："霸，月始生，霸然也。承大月，二日；承小月，三日。从月、霉声。"① 也就是说，"霸"的本义是月初生。段注的解释更为详尽：

> 月始生，魄然也。霸、魄叠韵。承大月，二日；承小月，三日。《乡饮酒义》曰：月者三日则成魄。正义云：前月大则月二日生魄，前月小则三日始生魄。马注《康诰》云：魄，胐也。谓月三日始生兆胐，名曰魄。《白虎通》曰：月三日成魄，八日成光。按，已上皆谓月初生明为霸，而《律历志》曰：死霸，朔也。生霸，望也。孟康曰：月二日以往明生魄死，故言死魄。魄，月质也。三统说是，则前说非矣。②

由此可知，许慎所谓"霸然也"就是"魄然也"。《说文·鬼部》："魄，阴神也。"③ 段注引《孝经说》云："魄，白也。"④ 月亮

---

① 许慎：《说文解字》，北京：中华书局，1963 年，第 141 页。
② 许慎：《说文解字注》，段玉裁注，上海：上海古籍出版社，1981 年，第 313 页。
③ 许慎：《说文解字》，北京：中华书局，1963 年，第 188 页。
④ 许慎：《说文解字注》，段玉裁注，上海：上海古籍出版社，1981 年，第 435 页。

之光华灿白如银，新月初生时，月华所呈现的"魄然"之态或可理解为其亮白的样子。"霸"字的古文字字形基本都以"月"为义符，但上举金文字形中有一个从"帛"的形体🜄（师增父鼎，《集成》05·02813），日本学者高田忠周对此字解释道："义正霸字，然霸字从月为意，从雨者，唯取声耳。此篆从雨，又从帛，帛盖亦声。若以为霸字，有声无义，即知霸亦雨异文，革帛重声也。"① 🜄字用于"既生霸"之语，确是"霸"字无疑，可见"霸"亦偶见不从"月"者。

根据上述字义理解可知，"霸"用于月相术语，或是指月有光华之义。金文中屡见"生霸""死霸""既生霸""既死霸"之语，具体辞例如：

[5] 唯十又五年三月既霸丁亥。　　　　　　　大鼎

[6] 唯王元年三月既生霸庚申。　　　　　　　逆钟

[7] 唯三年五月既死霸甲戌。　　　　　　　　颂簋

屈原《天问》有言："夜光何德，死则又育？"② 古人将月光的隐现现象对应具体事物的死生消长，因此认为月光也和万物一样，有所谓"出生"和"死亡"。因而有学者认为，"生霸"指月光的产生，"死霸"指月光的消亡。进而根据月光"死生"的变化形态推测出"既生霸"所对应的时段是"新月初见"至"满月"的这段时间，"既死霸"所对应的时

---

① 殷梦霞、李定凯：《国家图书馆藏古籍文献汇编》（第一册），北京：国家图书馆出版社，2009年，第559—560页。

② 林家骊：《楚辞》，北京：中华书局，2010年，第80页。

段是"月亮出现亏缺"至"新月初见"的这段时间。①

四、朏

"朏"字现属于非常用字，其在《韵会》中的注音为"斐"。其字形最早见于铜器铭文，主要古文字形体有：

金文　　　春秋玉石文　　　古陶文　　　小篆

《说文·月部》："朏，月未盛之明。从月、出。《周书》曰：'丙午朏。'"② 根据许慎的解释可知"朏"字用以表月初出时而光亮未盛之义。不过这个"光亮未盛"可以有两种解释：一是指某一日内月亮初升时光亮尚未盛明，二是指某一月内新月初生而未及满月时其光亮未盛。许慎说的极有可能是第二种理解。《尚书·召诰》："惟丙午朏。"③ 传曰："朏，明也，月三日明生之名。"④ 是其证也。如此，则"朏"当和"朔望"等义近似，用以表示一月之内月亮盈亏状态所代表的某个具体时段。从月相形态而言，"朏"具体所指当是新的一月内，自新月初现到月未满盈的状态，其所对应的时段应该晚于月初时之"朔"，而早于月盈时之"望"。段玉裁注释

① 景冰：《西周金文中纪时术语——初吉、既望、既生霸、既死霸的研究》，《自然科学史研究》，1999 年第 1 期。
② 许慎：《说文解字》，北京：中华书局，1963 年，第 141 页。
③ 王世舜、王翠叶：《尚书》，北京：中华书局，2012 年，第 217 页。
④ 十三经注疏整理委员会：《尚书正义（十三经注疏）》，北京：北京大学出版社，2000 年，第 460 页。

"霸"时曾引马注《康诰》之语云:"魄,朏也。谓月三日始生兆朏。"① 可见该观点认为"朏"与"魄"(即"霸")之义相同。"魄"("霸")即指新月初生,"朏"亦表新月初生而光亮未盛,二者在语义上有所交叉。

五、期

"期"字在字义上并非月令类字,但其字以"月"为义符而用于表示时间一类的概念,则是可以肯定的。这从下列"期"之古文字形体中也可获得证明。

金文　　　　　简帛文　　石刻文　　小篆

古文字中的"期"并不一定从"月",而更多是在表示时间的角度上从太阳的象形字符"日",如金文中的第一个字形、简帛文字形,以及小篆的第二个形体均是如此。金文"期"还有一个独特的形体作 字 形,戴家祥认为:"左从 廿,即其之本字,右从 字,三夕并叠,夕与月通,由此知 字 乃期之异体。"②

《说文·月部》:"期,会也。从月、其声。 古文期从日、丌。"③ 战国简帛中,"期"字均从"日""丌"二符,其字形整体所对应的正是《说文》小篆的第二个字形,即许慎

---

① 许慎:《说文解字注》,段玉裁注,上海:上海古籍出版社,1981 年,第 313 页。
② 戴家祥:《金文大字典》,上海:学林出版社,1995 年,第 2123 页。
③ 许慎:《说文解字》,北京:中华书局,1963 年,第 141 页。

所谓的古文写法。段注曰："假借为期年、期月字。……从月。月犹时也，要约必言其时。"① 可见"期"字最初并非严格意义上的时称字，只是因为它附加了"日""月"为义符，才渐渐有了时称之义。"期"字最早见于西周金文，当时已经有了表时称之义的用法，如铭文辞例作：

　　[8] 其眉寿万年无期。　　　　　　　　　　长子沫臣簠

　　[9] 受福无期。　　　　　　　　　　　　　　　纪公壶

《左传·昭公二十三年》："叔孙旦而立，期焉。"注："从旦至旦为期。"② 这是"期"用以表时间之义在传世典籍中的例子。

六、恒

"恒"字现在的字形并不从"月"，但其古文字形体中有非常明显的"月"形。具体各时期写法如下所示：

甲骨文　　　　　　金文　　　　　简帛文　　　　　小篆

甲骨文和金文的"恒"字中是明显的"月"符无疑。"恒"的甲骨文字形最初由王国维释出，他认为：

　　　　（此字）即恒字。《说文解字·二部》："恆，常也。从心，从舟，在二之间，上下心以舟施恒也。丞，古文恒，从

① 许慎：《说文解字注》，段玉裁注，上海：上海古籍出版社，1981 年，第 314 页。

② 十三经注疏整理委员会：《春秋左传正义（十三经注疏）》，北京：北京大学出版社，2000 年，第 1650 页。

月。《诗》曰:"如月之恒。"案许君既云古文恒从月,复引《诗》以释从月之意,而今本古文乃作𠄞,从二,从古文外,盖传写之讹字,当作𠄞……古从月之字,后或变而从舟……以此例之,𠄞本当作𠄞。智鼎有𠄞字,从心从𠄞,与篆文之恒从𠄞者同,即恒之初字,可知𠄞、𠄞一字。卜辞𠄞字从二从☽(卜辞月字或作☽,或作☽),其为𠄞、互二字,或恒字之省无疑。其作𠄞者,《诗·小雅》:"如月之恒。"毛传:"恒,弦也。"弦本弓上物,故字又从弓。①

《说文·二部》释"恒"时指出:"古文恒,从月。《诗》曰:'如月之恒。'"② 段注对其中所引《诗经》之语是如此解释的:"传曰:恒,弦也。按《诗》之恒本亦作緪,谓张弦也。月上弦而就盈,于是有恒久之义,故古文从月。"③

"恒"字为何从"月",以及它是如何演变为表恒久之义的,当前暂无更翔实的材料可以参考印证,不过学者诸说都有一定道理,兹附于此,以供参考。

七、生月/木月/林月

甲骨文 1   甲骨文 2   甲骨文 3

---

① 王国维:《殷卜辞中所见先公先王考》,《观堂集林》,北京:中华书局,1959 年,第 418—422 页。
② 许慎:《说文解字》,北京:中华书局,1963 年,第 286 页。
③ 许慎:《说文解字注》,段玉裁注,上海:上海古籍出版社,1981 年,第 681 页。

甲骨文中有一个字形结构如上举第1个字形所示，字形从"月"，不过在"月"上加注了一个"屮"状符号，"屮"是"草"字的原始形态。过去曾以为该字形是一个整字字符，但据考释可知其当为"生月"二字的合文形式。卜辞中有所谓"生月"一词，辞例常见如下：

[10] 癸酉卜，亘贞：生月多雨。　　　　　　《合集》8648

[11] 辛巳卜，叀生月伐方……八月。　　　　《合集》10524

有关"生月"一词的解释，王国维认为"生月"犹言"是月"。① 陈梦家说："生月是下月。……生月与兹月相对而生月在兹月之后。"② 姚孝遂同意陈梦家之说。③ 金祥恒认为"生为来也"，故"生月"即"来月"。④ 众说纷纭，此处姑且不论"生月"具体所指究竟是当月还是下月的问题，但知其在卜辞中毫无疑问确是指称某具体月份的时间用词。"生月"一般写作两个分离的文字，"生"字的甲骨文字形作 ♉，当二字纵向连写的时候，容易由于字符间隙过密而导致二字符近乎合为一体的情况，如《合集》33038中"生月"二字即几乎连为一体，近似一字。上举从"屮"形的甲骨文 ♌，其实也是这种情况，故 ♌ 其实也是"生月"二字。卜辞因省笔或

---

① 王国维：《戬寿堂所藏殷虚文字》，《甲骨文献集成》（第一册），成都：四川大学出版社，2001年，第28页。

② 陈梦家：《殷虚卜辞综述》，北京：中华书局，1988年，第117页。

③ 于省吾：《甲骨文字诂林》，姚孝遂按语编撰，北京：中华书局，1996年，第1325—1326页。

④ 台湾大学文学院古文字学研究室：《中国文字》（第一至五十二册合集），台北：台湾大学文学院古文字学研究室，1972年，第543—567、621—659页。

刻手书写习惯往往易将联系较为紧密的词语书写为近似一个字符的合文形式，故 ⚡ 形也可认为是偶见将"生月"写作合文的情况。

甲骨文第 2、3 个字形 ⚡、⚡，过去既有认为它是从木从月的合体字的观点，也有认为是"木月"二字合文的意见。裘锡圭先生通过辞例对比和"屮""木"二构件在古文字中经常通用的情况，论证 ⚡、⚡ 二字形其实也是"生月"的合文形式。除此之外，卜辞中还有一个"林月"（见于《合集》34544）的用法，从辞例来看该语也当被释为"生月"。①

上述卜辞中所见的"生月/木月/林月"的用法，虽然没能在后世的文献中找到对应的文字和词汇，因而无法确知它究竟指哪个具体的月份，但其字形以"月"为义符当是可信的。而从其用法来看，也确是用作时称，故可知该语确为一种表示与月有关的月令时间用语。

八、初吉

前举《诗经·小明》有："我征徂西，至于艽野。二月初吉，载离寒暑。"除传世文献中有所记载以外，"初吉"一词最早还出现于出土文献的西周青铜器铭文中，如：

[12] 唯正五月初吉孟庚。　　　　　　　　蔡侯镈

"初吉"一般被认为是特定的月相用词，它表示一个月内的特定时段。过去对于"初吉"所指具体时段的解释，王国维有所谓"四分法"的观点，认为"初吉"是指初一至初七

---

① 裘锡圭：《释"木月""林月"》，《裘锡圭学术文集·甲骨文卷》，上海：复旦大学出版社，2015 年，第 338—343 页。

或初八这段时间。① 不过黄盛璋认为所谓"四分一月说"不可信，并据王引之"上旬凡十日，其善者皆可谓之初吉，非必朔日也"② 的观点，进一步提出"三分一月说"，并对相关问题作出更详尽的解答：

> 初吉为每月的第一个干日（甲、乙、丙、丁等），每月不是二十九日就是三十日。一般地说一个月可能有三个同干之日，而月之上旬十日则必皆为这个月的第一个干日。古初以属于第一的事物为吉善，因此于此等第一个干日皆视为月之吉日，"初吉"就是初干吉日之意……包括上旬十日而非定点之朔日。③

尽管诸家对于"初吉"具体所指时间范围的考证还有进一步深入探索的空间，但该语用于表示月令时间的概念是毋庸置疑的。

第二节　月令字类与天文历法观

历法是根据人们对日月运行周期变化的掌握程度而确定的法令制度,这种对于日月运行周期变化的掌握，需要长期的观测和经验的积累。典籍文献中，我国古代历法的颁布，最

---

① 王国维：《生霸死霸考》，《观堂集林》，北京：中华书局，1959 年，第 19—26 页。

② 朱维铮：《中国经学史基本丛书（第六册）：经义述闻（下）》，上海：上海书店出版社，2012 年，第 303 页。

③ 黄盛璋：《释初吉》，《历史研究》，1958 年第 4 期。

早应该始于夏朝。《夏小正》中采用花、木、鸟、兽等实际物象确定抽象的时节概念，其中的意识观念正反映了夏代历法思想的痕迹。夏代帝王称谓中已经出现"孔甲""履癸"等使用天干为名的情况，足见当时已经存在干支纪时，这也是夏代存在历法制度的侧面体现。

过去一般认为商代纪月以朔望月为主，新月初见时为月首，满月则为月中，一长一消之间形成完整的月形圆缺周期，这种观察天象以纪时的方式，还原了古代最真实的天文历法制度的面貌。当然，限于材料的不足，我们如今所能归纳总结的古代天文历法可能只是原始历史的冰山一角，但我们可从这冰山一角开始挖掘、逐一深入，逐步探索历史的真相。尽管这个过程并不会短暂。

一、历法之"历"

观日测影、岁星纪年、观月纪时等纪时方式，无不呈现出古人朴素的天文思想意识。正是根据这些天文观测，人们在意识领域层面逐渐形成了一套相对完整的历法体系。这个历法体系随着时代的演变往往呈现出不同的具体面貌，体系内的纪日、纪月、纪年等子系统也会应时而变，形成纷繁复杂的各种枝叶系统，有些枝叶系统我们甚至至今仍难窥其完整面貌。但整体而言，中国传统的天圆地方、四象二十八宿等观念，总能在这些分支系统中窥见些许端倪。

历法之"历"所对应的繁体字结构有两类，一是表历史之义的"歷"，二是表历日、历象之义的"曆"。它们在古文字中的结构分别如表 4-1 所示：

表4-1　"历"的古文字字形

	甲骨文	金　文	简帛文	小篆
歷				
曆				

"历"的前一个繁体结构"歷",《说文·止部》解释为:"过也。"[1] 也就是我们现在所说的"经历"之义。其实在表达"经历、经过"之义上,这个字的初形应该是不从"止"的"厤"(即金文字形第一个形体)。"厤"为调和之义,金文该字在其调和之义的符号上附加一个表示运行之义的"止",由此分化出表"经历"之义的"歷"(即金文字形第二个形体)。甲骨文和小篆中字形与金文对应结构一致。

而"历"的后一个繁体结构"曆",《说文·日部》解释为:"历象也。"[2]《尚书·洪范》:"五曰历数。"[3] 传曰:"历数节气之度以为历,敬授民时。"正义云:"五曰历数,算日月行道所历,计气朔早晚之数,所以为一岁之历。"[4] 从这些解释可知,"曆"应当是一个与纪时相关的字。该字从"日",

---

① 许慎:《说文解字》,北京:中华书局,1963年,第38页。

② 许慎:《说文解字》,北京:中华书局,1963年,第140页。

③ 王世舜、王翠叶:《尚书》,北京:中华书局,2012年,第148页。

④ 十三经注疏整理委员会:《尚书正义(十三经注疏)》,北京:北京大学出版社,2000年,第362—363页。

也正表达了它的字义类别与时间有关。后来的典籍如《史记》《汉书》中，已经以"歷"代"曆"。

二、四象、九野、二十八宿

从历代的典籍文献中，我们知道中国古代在天文历法方面的研究已经达到了较高的水准。历法体系总与人们的天文观察结果紧密联系，而有关天义观测方面的历法术语更是不计其数，一时难以穷尽。这里仅就最主要的几个术语略加陈述，以进一步加深对古代天文历法观念的认识和理解。

《淮南子·天文训》："天有九野，九千九百九十九隅，去地五亿万里。"① 那么何为九野呢？曰：东方苍天、东南阳天、南方炎天、西南朱天、西方昊天、西北幽天、北方玄天、东北变天、中央钧天。八方天配以中央位，将天幕分为九个分野，各分野所掌星宿不等，或二，或三，或四。

"九野"是对天幕的领域划分，虽涉及星宿的归属问题，但更细致的星宿分属观念，必须要提"二十八宿"的观念。

古人观测天象时，总是以自身所处的地球为主观视角。先民通过观测，发现太阳在天幕中的运动轨迹（即太阳周年视运动轨道）总是一定的，于是便将此运行轨迹称为"黄道"。通过进一步的观测，人们又发现在这个"黄道"的附近，总是存在诸多的星群——星宿，且这些星宿相互之间所处的位置似乎是恒久不变的。于是人们开始将这种固定不变的星宿作为参照系，用以确定天幕中其他行星运行的位置。

———————————

① 陈广忠：《淮南子》，北京：中华书局，2012年，第109页。

被人们选取为参照系的恒星星宿共计二十八个，人们便将之定名为"二十八宿"。有关"二十八宿"的概念，其他古代文明中也有发现，如印度也有"角""室""卯""轸"等星宿之称，不过经学者研究，一般认为"二十八宿"的概念源自中国。它的历史源头虽尚无定论，但大体的发展脉络可上及先秦，这可通过《诗经》中的星宿名获得证实，因此学者们认为大概在周朝初年，人们已经开始应用二十八宿。[①]

"二十八宿"的分野其实还有与之关联的上层部类，即"四象"说。

古人将二十八宿据其所处方位进一步划分为四个区块，每个区块中包含七个星宿，各区块分别占据东、南、西、北的四方位置。每个区块内辖的七个星宿各自所处的位置是固定的，根据各星宿所在固定位置的相互组合差异而呈现出不同的形态，人们根据这些形态的外形将四方区块中的星宿组合形态想象为四种动物的象形，并称之为"四象"，分别命名为：东方青龙、南方朱雀、西方白虎、北方玄武。这种将星宿视觉化为动物形象的情况，与西方将星座视作"狮子""大熊""天蝎"等形有异曲同工之妙。[②]

"四象"对应"二十八宿"，它们各自的具体所属情况如下：

---

① 竺可桢：《中国古代在天文学上的伟大贡献》，《科学通报》，1951 年第 3 期。

② 王力：《中国古代文化常识》，北京：中国人民大学出版社，2012 年，第 4—7 页。

东方青龙七宿：角、亢、氐、房、心、尾、箕。

南方朱雀七宿：井、鬼、柳、星、张、翼、轸。

西方白虎七宿：奎、娄、胃、昴、毕、觜、参。

北方玄武七宿：斗、牛、女、虚、危、室、壁。

三、五行、七曜、十二次

古人将通过天文观察所得的金、木、水、火、土五星称为五纬，这就是后来的"五行"。将五行结合日、月二星，又可合成七星，称为"七曜"。七曜后来被对应为现在的星期的概念，当下日本地区仍以"七曜"称呼星期中的每日，如"日曜日"为"周日"、"金曜日"为"周五"等。七曜中的水星古代也称为辰星，火星也称为荧惑，土星则另称为镇星或填星。此外，七曜中的金星即我们常说的太白星，其太白之名大概源于金星总是夜幕中亮度最盛之星。《诗经·女曰鸡鸣》云："子兴视夜，明星有烂。"[1] 又《小雅·大东》云："东有启明，西有长庚。"[2] 其中的"明星"和"启明"也都是金星的别称。七曜中的木星即岁星，也就是我们常简称作"岁"者。古人以岁星绕天运行一周为十二年，并将岁星绕行过程中经过每个星宿所在区域的节点定为每个周天年，这就是岁星纪年的由来。七曜也被认为来自北斗七星的组合。人们很早就发现天空中光亮最盛的北极星，进而发现与北极星组合为一体的北斗星阵。这个斗状的星阵由包含北极星在内的七个星辰组合而成，因而称之为"七曜"，而北斗中的七星也被分别

---

[1] 刘毓庆、李蹊:《诗经》，北京:中华书局，2011年，第211页。

[2] 刘毓庆、李蹊:《诗经》，北京:中华书局，2011年，第546页。

命名为"天枢、天璇、天玑、天权、玉衡、开阳、瑶光"。

古人以日、月纪时，类似于把日、月想象为行走着的指针，如此，则天幕就是一块大型的钟面。假设天空是一块钟面，那么"四象""二十八宿"就是这块钟面上周围一圈固定不动的刻度，而日、月等星体就仿若钟面上行走的指针，循环往复地指示着时间的流动。古人观测"指针"在钟面上的运行轨迹，"指针"行经的"刻度"就是人们记录岁时变化的节点。为了细致记录日月星辰在天幕中运行的轨迹和四季节气的变化，古人又把黄道带进行了十二等分，并将之称为"十二次"。① 十二次按由西向东的方向依次排列划分，每个区划分别被命名为：星纪、玄枵、娵訾、降娄、大梁、实沈、鹑首、鹑火、鹑尾、寿星、大火、析木。

四、民俗节令与时令

在历法观念中还有一类与民俗生活息息相关的节令和时令类的表达。随着古人对于时节的认知提升，一部分在日常生活中至关重要的时间节点受到人们的重点关注。在这些特殊的时节里，人们通常用一些与日常有别的特殊方式来进行庆祝，久而久之，这些特殊的时节就成为习俗的一部分，有些甚至已经被纳入礼制的范畴。

这种特殊的节令，现在称之为节日。它根据不同时代人们生活的侧重点以及当时王朝统治需要的不同，形成不同的支脉系统，其中一部分是各朝各代都有所涉及或较为重要的，

---

① 王力:《中国古代文化常识》，北京：中国人民大学出版社，2012年，第7页。

也有很多随着时间的流逝而不再被人们熟知。这些节令多属于现在我们常说的传统节日，主要有：元旦、人日、上元、社日、寒食、清明、花朝、上巳、端午、七夕、中元、中秋、重阳、冬至、腊日、除夕等。

元旦：也叫元日。"元"就是"首"的意思，古文字"元"写作 𝑥 ，下部为侧立人形，上部则在人首部位以短横笔加强提示。一般认为"元"的本义正是来源于此，指"首""头""始"等义。在这里，元日就是首日，指一年之首日。"旦"为日出，也是日之初之义，故"元旦"就是一年之初日。

人日：指正月初七。《太平御览》引《荆楚岁时记》曰："正月七日为人日。"据传，正月前七日中的每一日，在过去都有着特定的叫法：正月一日为鸡，二日为狗，三日为猪，四日为羊，五日为牛，六日为马，七日为人。[1] 这些对于节令的称名随着时间流逝往往不再为人所知，多数仅存于文人墨客的笔下，如有关"人日"的记载，可见于唐代诗人高适的《人日寄杜二拾遗》："人日题诗寄草堂。"[2]

上元：即元宵，又称元夕、元夜。"宵"指夜，尤指月圆之夜。春节过后的正月十五日是一年之中的第一个月圆之夜，故将该时称为"元宵"。有观点认为，"上元"节的来历似与道教信奉"太一神"的观念有关。[3] 不过随着节日的娱庆意义

① 刘开扬：《高适诗集编年笺注》，北京：中华书局，1981 年，第 318 页。
② 刘开扬：《高适诗集编年笺注》，北京：中华书局，1981 年，第 318 页。
③ 王明华：《道教文化对"太一信仰"的接受与上元节的产生》，《山东青年政治学院学报》，2013 年第 6 期。

加深，上元节早已成为一个民间传统节日。人们通常会在元宵之夜观灯、赏灯以示庆祝，因而元宵也称灯节。

社日：一般认为是指立春和立秋后的第五个戊日。在社日，民间在习俗上要进行祭祀社神等相关活动。《说文·示部》："社，地主也。从示、土。《春秋传》曰：共工之子句龙为社神。《周礼》：二十五家为社，各树其土所宜之木。"① 故"社"为土地之神。民间祭祀社神的历史十分悠久，这或许是上古时期先民的一种自然崇拜观念的延续。社日作为祭祀社神活动的节日，自然也就染上了不少宗教的色彩，因而它比常见的习俗节庆要显得庄重一些。民间社日举行祭祀社神的行为还会分季节展开，故社日分春社和秋社两种，它们分别处于春分和秋分前后。

寒食：清明前二日。寒食节的由来一般认为与纪念春秋时晋国大夫介子推有关。当这个典故成为习俗节令后，人们一般会在寒食节期间严禁火光。

清明：清明是二十四节气之一，它随时节的变化而日期不定，一般总在四月的前几日内浮动。有关"清明"的由来，《淮南子·天文训》云："（春分后）加十五日指乙，则清明风至。"②

花朝：农历二月正是百花齐放之时，古人以花信周期为节令，在这个时节里进行一些庆典活动。由于此时正值百花盛开，因此民间认为这个时节为百花的诞生之日，故亦称之为

---

① 许慎：《说文解字》，北京：中华书局，1963 年，第 9 页。
② 陈广忠：《淮南子》，北京：中华书局，2012 年，第 130 页。

花神节。花朝节的形式较为灵活，各地时日不一，南方常以二月初二日为期，也有以二月十二日为期者。

上巳：三月上旬的一个巳日。"上巳"来源于干支纪日的习惯，第一个巳日，故称上巳。《周礼·春官》郑注云："岁时祓除，如今三月上巳如水上之类。"① 曹魏后定"上巳"为三月三日，在这一日，人们通常有郊游、饮宴等习俗。

端午：五月初五。端午的由来一般认为是为纪念楚国的爱国诗人屈原的。端午之"端"有中正之义，"午"的正午概念也有中正之义，故端午之日属于中正之正的日子。端字的初形为"耑"，"耑"的甲骨文字形写作𡴎，形体结构为足趾之下有草木根须之状，当是一个会意字，一般认为"耑"表示的就是初始之义。因此也有观点认为，所谓端午，指的其实是五月的第一个"午"日。

七夕：又称"乞巧"，农历七月初七。一般认为七夕节来源于乞巧的习俗，七月七日被认为是传说中天上织女的诞辰，织女七姐有一双善织的巧手，民间女子为向天上的织女乞求灵巧的手艺，故有于七月七日进行乞巧的风俗。

中元：七月十五。这个节日的诞生可以追溯到上古的祖先崇拜与农事丰收时祭。"七月半"原本是上古时代民间的祭祖节，被称为"中元节"，则是源于东汉后道教的说法。佛教则称七月半为"盂兰盆节"。节日习俗主要有祭祖、放河灯、祀亡魂、焚纸锭、祭祀土地等。

---

① 十三经注疏整理委员会：《周礼注疏（十三经注疏）》，北京：北京大学出版社，2000 年，第 812 页。

中秋：八月十五，又称拜月节。月圆之日，人们祭月、赏月，以月圆祈求家人团圆，故以之为团圆之节。

重阳：又称重九，即农历九月九日。因九为阳数，故又称重阳。九为数字中最大的数，以重九来寓意长寿，故重阳节又被视为老人节。该日有登高、饮酒的习俗。

冬至：二十四节气之一。古代素有"冬至大如年"的说法，冬至是一年中白昼最短、黑夜最长的一天，冬至过后太阳光照会逐渐回返，因此冬至也标志着太阳的新生。

腊日：也叫腊八。腊是岁末的一种祭祀名称，汉代腊日被定为冬至后的第三个戌日，但民间一般定十二月初八为腊日。

除夕：一年中的最后一天为岁除，所以岁除之日的夜晚即称除夕。除是除旧布新之义，在除夕这一天人们告别旧岁，喜迎新春。

第五章

农时字类与不违时序的礼制观念

先民在农业实践活动的过程中，通过对自然天候现象的细致观察，积累了丰富的气象知识，很早就建立了天文历法观念。前文所引《尚书·尧典》的"出日""日永""纳日""日短"所对应的其实就是现在农历的春分、夏至、秋分、冬至，其中夏至时白天最长故称"日永"，冬至时白天最短故称"日短"。春分、夏至、秋分、冬至是早期先民通过对日影的观测所掌握到的自然规律，人们通过对四季气候变化的细致观察，从中感受时节的变迁，并进一步掌握准确的时机开展农事活动，据此获得更好的收成。

农业社会的春耕、秋收行为所反映的正是人类在改造自然的过程中对农时周期循环的把握程度，它是人类在整个自然周期年之内对自然界改造行为的时间序列之体现。就农作物的耕种而言，春耕为始，秋收为终，作物生长的周期记录的往往正是人类社会生活的周期。古人对于农时的准确掌握，在历史语言文字中主要体现在部分与农耕时节相关的文字中，我们可称之为农时字类。

第一节　农时字类与农耕时间观

"日出而作，日入而息"是自古以来的行为传统，在上古农耕时代，人们"日出而作"的主要内容应该就是农业耕作。在当时人们的意识领域中，尚没有较为完整的时间系统，故在表示时间相关的概念时，往往将生活中的具体行为与抽象时间进行关联，而作为时人生活重心的农耕事业，就顺理成章地成为人们纪时的主要对象之一。

一、农

"农"字所出现的时代较早，在最早的殷商甲骨文和商周金文中就有"农"字，只不过它在字形上与现在的简体字"农"有一定的差异。"农"的繁体字形为"農"，但《说文》没有收录"農"，而是收录了一个与之近似的形体"䢉"，其实此"䢉"即"農"。《说文·晨部》："䢉，耕也。从晨囟声。"① 许慎在此字头下，还列出了该字的其他形体，它们分别可隶定作"辳、䢉、莀"三种结构，其中从"林"之"辳"是籀文写法，而"䢉""莀"均被认为是古文写法。古文字中与"农"相关的主要字形可列表如下：

---

① 许慎：《说文解字》，北京：中华书局，1963 年，第 60 页。

表 5-1　"农"字相关的古文字字形

隶定	甲骨文	金　文	简帛文	小　　篆
䢉				
辳				
襛				
㲶				
蔓				
晨				

　　在诸多"农"字相关的古文字结构中，甲骨文的"𦥯"形过去曾被认为是"晨昏"之"晨"字。① 甲骨文"𦥯"形是在"𦥯"的基础上附加了一个表示手形的"又"旁，一般认为"𦥯"与"𦥯"不同，因"𦥯"有表示动作行为的手形，故认为该字表示某动作之义，李孝定认为是"薅"字。② 至于

———————————

① 常正光：《"辰为商星"解》，《四川大学学报丛刊（第十辑）·古文字研究论文集》，成都：四川人民出版社，1982 年，第 137—175 页。

② 李孝定：《甲骨文字集释》，台北："中研院"历史语言研究所，1970年，第 237—239 页。

甲骨文中此二字形的释读孰是孰非，还需要结合卜辞中 𦥑、𦥑 二字的实际用法来看：

[1] 壬申卜，𡘋贞：兄壬岁叀 𦥑（𦥑）。 《合集》23520

[2] 癸亥 [卜]，贞：匕岁叀今 𦥑（𦥑）酌…

《合集》25157

[3] 于 𦥑（𦥑）禽。 《屯南》2061

从上举辞例用法来看，例 [2] 中 𦥑 与"今"连用，当是时称用字，一般认为"今 𦥑"即是"今晨"。例 [1] 中 𦥑 字出现在虚词"叀（惠）"之后，可理解为强调行为的方式或时间，句中的行为是对兄壬实行岁祭，如将 𦥑 释为"农"，表农事行为，则与句义逻辑不符，故此仍当释为时间词，指的是在 𦥑 时对兄壬实行岁祭。因此例 [1][2] 中的 𦥑 均可释为明确的时间词用字。而例 [3] 的情况略有不同，其中所用字形是 𦥑，按照过去一般认为从"又"者为行为动词"薅"的意见来看，此形所用之处句意不通。介词"于"往往用作介引事物的时间、地点和对象等，被介引者通常是名词成分，故此处 𦥑 形不能释为动词"薅"。笔者认为，这里 𦥑 的用法当与 𦥑 同，仍旧是个时称字。卜辞中 𦥑 形总计有 4 见，除此例外，尚见于《合集》583 反、9497、9498 反，但是均为残辞，难定其用法。不过《合集》9497 中的字形作 𦥑，从形态上来看，字中所谓"又"形几乎难以辨别。甲骨文"辰"字的形体有写作 𦥑、𦥑 等形者，其中右下部本就像持着某器具的手形。因此在刻写 𦥑 字时，偶有附加手形符号以强调手持器具之义，这也是完全可以理解的。根据 𦥯 字在卜辞中的用法，将之释作 𦥯 之异体也文从字顺。

从卜辞中 𦥯、𦥯 二字的用法来看，该字主要是时称用字，读为"晨"可信，但这并不表示它与农事行为没有关系。甲骨文 𦥯 字按照字形当隶定为"辳"，对于其字形结构和表义情况，裘锡圭先生有详细的解释：

> 从甲骨文看，辰是农业上用于清除草木的一种工具……（𦥯）本象以手持辰除去草木之形，虽然可以隶定为"蓐"，但是跟后世从"艸""辱"声的"蓐"字却不一定有关系。罗振玉把这个字释为"农"是不错的。金文"农"字或作如下之形：𦥯。跟甲骨文"农"字的主要区别是加了个"田"旁。……"农"字为什么象清除草木之形呢？杨树达解释说："……初民之世，森林遍布，营耕者于播种之先，必先斩伐其树木，故字从林也。"这种说法是有道理的。不过古代耕摺荒地也要先清除草木，杨氏说得还不够全面。"深耕易耨"的"耨"，古音与"农"阴阳对转。"𦥯"的字形所表示的意义也跟"耨"相合。"耨"跟"农"应该是由一字分化的。所以甲骨文的"𦥯"也未尝不可以释为"耨"。……辰有可能是形制与斤、钁相类的一种农具。……古书中时常提到的耨、镈，一般只用于除草，应该是一种比辰轻小的农具，大概与后世的锄相类。①

据裘先生所言，以及其引杨树达之说，可知 𦥯、𦥯 二字

---

① 裘锡圭：《甲骨文中所见的商代农业》，《裘锡圭学术文集·甲骨文卷》，上海：复旦大学出版社，2015 年，第 233—269 页。

从造字意图上而言，均当释为"农"，因为它的字体构形就是表达农事行为之义，也就是该字的本义。但卜辞中所用的并不是它的本义，而是假借义。古人"日出而作"，"作"的行为是"农"，而"作"的时间是"日出"，即"晨"，因而借"农"这个表示农事行为的字，来表示进行农事行为的时间"晨"，这是完全可以解释得通的。

金文中的相关字形也有三种结构，字形 𦳊 与甲骨文 𦳊 形同，字形 𦳊 是在 𦳊 形的基础上附加了"田"形，林义光认为："晨为进食之时，农为谋食之事，故所象形同。农从田，以别于晨。"[1] 意即从"田"的 𦳊 为"农"，不从"田"的 𦳊 为"晨"。不过也有观点认为，金文 𦳊 形中的"田"是"凶"的讹变结构，故从"田"者仍旧是小篆之"𦳊"。金文的 𦳊 形是在 𦳊 形的基础上附加了手形的"又"旁。有学者认为这是"薅田之谓也"。[2]

战国简帛中，相关之字有三个：从林（木）、从辰、从又的 𦳊 和 𦳊，从日的 𦳊。三者各自所见辞例分别如下：

[4] 俯视地利，务 𦳊（农）敬戒。

《上博简》五·三德·15

[5] 舜于是乎始免笠肩 𦳊（耨），芰芥而坐之。

《上博简》二·容成氏·14

[6] 九月甲 𦳊（晨）之日。　　《包山简》·文书·46

---

① 林义光：《文源》，上海：中西书局，2012年，第194页。
② 高鸿缙：《散盘集释》，台北：台湾师范大学，1957年，第73—74页。

　　从简文中的使用情况来看，前二者显然都是农事相关之字，一般认为前者可释为"农"，后者可释为"耨"。而例[6]中偏旁从"日"符明显，由"日"符表时间的含义来看，该字一般会被隶定为"晨"，但在辞例上，它其实是用作地支之"辰"，或者用作"星辰"之"辰"。

　　根据上述古文字"农"与"晨"的构形和字义分析，我们大体可以得到如下判断："农"的古文字形体最初的构形结构主要以从辰、从林（木）为主，偶见为了突出强调手持农具等行为而附加"又"符的情况，可见字形有：𦭣、𦰢、𦰷、𦱳、𦱺、𦰶、𦰻几种。但这些字形只是从字符结构的隶定角度可定之为"农"，结合其用字意义则包括"农"和"晨"两种含义在内。即可依据《说文》的方式将之隶定为"辳、𦰷、𦱳"等对应现在的通行汉字"农"，但在字义上，其中一部分用为"晨"之义者一般认为是"农"之分化字，故也可直接将这一部分分化字释为通行汉字"晨"。从"又"之结构如若从字义用法上认为它已经分化出了芟除草木等特定行为之义的话，也可直接释作"耨"或"薅"等。简帛中的𦰶形可以直接隶定为"晨"而释作"晨"，但用法上仍以假借作"辰"为是。

　　综上，"农"与"晨"本当异字同源，最初其字形所表含义当以释"农"为宜，但在实际使用中，该字进行了一定的分化，分化出了"晨"和"耨"，因此在释字上往往容易产生混淆，尤其是"农""晨"二字之别，往往聚讼纷纭。《说文·晨部》："晨，早昧爽也。从臼从辰。辰，时也，辰亦声。"① 许慎以"辰"为时，或是受到干支纪时的影响，事实上该"晨"字与上举"农"之古文字形差异仅在于没有特意标明作为农事对象的"林"或"木"罢了，它仍旧是以两手持农具表示农事行为之义，而农事行为发生在"日出"之"晨"，故以此表早晨之义。"晨"之时称义来源于农事行为的"农"字，不仅显示出古人"日出而作"的重农思想，也是以农事纪时的一种直接体现。

二、年

前文曾提到"年"作为纪年用字所透露出的王权观念。在这里，我们还有必要谈一谈"年"和农耕的关系。"稻花香里说丰年"，丰年就是丰收之年，而探讨丰收与"年"之间密不可分的关系，仍旧不得不从"年"这个字形的古文字结构说起。"年"字过去异体写作"秊"，字形结构是上"禾"下"千"，它的古文字形体包括如下几类：

甲骨文　　　　金文　　　　简帛文　　　　小篆

从甲骨文和金文写法可以看出，"年"字最早是个会意字，它的上部是一个"禾"，下部是一个侧立人形，整体结构所会意的是一个人背负着禾，这是稻禾成熟之际人们收获时的景象。前文分析过，根据《说文·禾部》的解释，可知"年"的本义就是谷熟。《尚书·多士》云："尔厥有干，有年于兹

① 许慎：《说文解字》，北京：中华书局，1963年，第60页。

洛。"①《榖梁传·桓公三年》曰:"五谷皆熟为有年也。"② 这些都是用了"年"的本义。"有年"的意思就是说庄稼有收成,这个词最早见于殷商甲骨卜辞中。当时的商王经常为一年的收成状况进行占卜,卜辞中"年"字常见词组为"受年""有年""求年"等,一般认为此"年"均指谷物丰收之义,并不作为纪时词。③ 也有学者认为甲骨文中的"年"取谷物成熟之义,从当时当地农作物的生长情况来说,或正对应为一个周期年,因而商人使用"年"来表达一整个谷物生长的周期,即现在时间制度的一年。④ 金文中的"年"字,有些字形习惯在下部的人形上附加一个圆形的点状,慢慢地,这个点状就演变成一个短横,其中的人形符号就讹变作古文字中的"千",这就是战国文字、小篆和后来文字中"年"字从"千"旁的缘故。

　　古人以人负禾的图像表达丰收之义,又以表丰收景象的文字来表示农作物收成所经历的一整个时间周期。这是古人在思想意识领域中,将农业实践生活与抽象的时间观念紧密关联的典型示例,突出了农耕事业与古代时空观相辅相成的

① 王世舜、王翠叶:《尚书》,北京:中华书局,2012 年,第 250 页。
② 承载:《春秋榖梁传译注》,上海:上海古籍出版社,2004 年,第 64 页。
③ 李孝定:《甲骨文字集释》,台北:"中研院"历史语言研究所,1970 年,第 2367 页。
④ 张秉权:《殷代的农业与气象》,《历史语言研究所集刊(第四十二本第二分):庆祝王世杰先生八十岁论文集》,台北:"中研院"历史语言研究所,1970 年,第 277 页。

密切关系。

三、秋

前文已经分析过"秋"的字形情况，其古文字形体是象形结构，象秋收时节田间常见的蝗虫，因此就这个字而言，古人是以秋收时节常见的昆虫形态来表示抽象概念上的秋收季节。

| 甲骨文 | 金文 | 简帛文 | 小篆 |

《说文·禾部》："秋，禾谷熟也。从禾、焣省声。"① 唐兰认为"秋"的本义是百谷熟，该字本不是时称，只因谷物一年一熟，因此以"秋"表与"年"相当的含义。② 古代重农，人民的生活与农业密不可分，古人将关系到民生的四时概念与农业活动中常见的具体事物紧密联系起来，这从逻辑上完全可以解释得通。

秋季本为谷熟季节。于省吾认为商代秋季所指时段是七月至十二月③，这与我们现在的秋季丰收时节是对应的。以谷熟时节常见的田间蝗虫类象形来表示谷熟季节，这也是古人以具象事物表抽象概念的常见方式，它还体现出当时人们生产生活的重心在于农业活动。正因"秋"表谷熟之义，故与

---

① 许慎：《说文解字》，北京：中华书局，1963 年，第 146 页。
② 唐兰：《殷虚文字记》，上海：上海古籍出版社，2016 年，第 16 页。
③ 于省吾：《释秊》，《双剑誃殷契骈枝 双剑誃殷契骈枝续编 双剑誃殷契骈枝三编》，北京：中华书局，2009 年，第 27—34 页。

"秋"字音近的很多字,其实都与农业、种植业等事物有关。如"秀"字的本义就是植物开花结果。《说文·禾部》中徐锴注"秀"曰:"禾实也,有实之象,下垂也。"① 正是此证。古籍文献中也多见其例,如《诗经·七月》:"四月秀葽。"② 传曰:"不荣而实曰秀。"③ 意思是说,秀指的是不开花就结果的情况,这里的"秀"就是指结果。除了表示秋季之义外,"秋"在典籍中还有表示"年"的意思,如《诗经·采葛》"一日不见,如三秋兮"④ 的"秋"就是指"年"。这大概是因为古人每年收成一次,因此"三秋"就是"三年"("三"未必是实数,可以概指多)。

四、秂

甲骨文中有一个字形隶定为"秂",其字形结构写作:

甲骨文

对于这个字的认识,于省吾认为从词义上它当读为"腊",是祭祀之名,后引申为祭祀之月。⑤ 陈梦家认为该字还有一个异体写作 ，其结构"从采,即《说文》穗字的篆文,当指

---

① 许慎:《说文解字》,北京:中华书局,1963 年,第 144 页。
② 刘毓庆、李蹊:《诗经》,北京:中华书局,2011 年,第 364 页。
③ 十三经注疏整理委员会:《毛诗正义(十三经注疏)》,北京:北京大学出版社,2000 年,第 585 页。
④ 刘毓庆、李蹊:《诗经》,北京:中华书局,2011 年,第 190 页。
⑤ 于省吾:《释秂》,《双剑誃殷契骈枝 双剑誃殷契骈枝续编 双剑誃殷契骈枝三编》,北京:中华书局,2009 年,第 27—34 页。

获禾。获禾、异禾二月名，皆与天时、农事祭祀有关"。① 温
少峰、袁庭栋认为此字是月名，即所谓"和月"，是与种植收
获和祭祀相关的月份。② 裘锡圭认为该字"似应是'䅆'的
初文。……'䅆'是禾、黍一类谷物的茎秆之名。'列'
'剌'古音相近。……卜辞'秝'字多用为动词……应指处理
禾秆的一种行为。……禾秆也可用作肥料。殷人有时只收谷
物的穗而把禾秆留在地里再作处理"。③ 陈年福认为"秝月"
即"稾月"，指的是庄稼收割后处理秸秆的时节。④

　　由于"秝"字找不到对应的现代通行汉字，故其释字一
般只保留古隶定的形态。不过该字的用法却是相对明确的，
它在卜辞中的辞例为：

　　[7] 庚申 [卜]，□，[贞]：今秝月 [又] 史。

《合集》21674

　　"今秝月""秝月"之语卜辞不止一见，足见其中"秝"
字确属时称用字，它大概率是某具体月份的专称。而由该字
字形结构从"禾"可知，它最初极有可能如学者们所分析的
那样，是一个与农事行为相关的动词。由农事动词转而表示
时称，正是农时字类与农耕行为密切关联的又一力证。

---

① 陈梦家：《殷虚卜辞综述》，北京：中华书局，1988 年，第 228 页。
② 温少峰、袁庭栋：《殷墟卜辞研究——科学技术篇》，成都：四川省社
　会科学院出版社，1983 年，第 88—89 页。
③ 裘锡圭：《甲骨文中所见的商代农业》，《裘锡圭学术文集·甲骨文
　卷》，上海：复旦大学出版社，2015 年，第 233—269 页。
④ 陈年福：《释甲骨文"䵾月""稾月"》，复旦大学出土文献与古文字研
　究中心网：http://www.fdgwz.org.cn/Web/Show/1149,2010 年 5 月 15 日。

五、秏（穫）

甲骨文和金文里有一个由"禾"和表示砍伐工具的"辛"形所组成的字，学界一般认为此字当释为收获之"获"。其古文字字形如下：

| 甲骨文 | 金文 | 石刻文 | 小篆 |

对于该字的考释，孙诒让①、陈梦家②、饶宗颐③、裘锡圭④等学者，都认为该字字形会意，其形体表达的是以农具刈禾之状，故其字义当为收获谷物。陈年福根据其字形所表达的收获之义，认为该字可表时间，用于指称收获的季节。⑤ 若陈说为确，则"秏"字亦属以农事行为转而表示农事时间的用法。

六、大采/小采

| 甲骨文 | 金文 | 简帛文 | 小篆 |

① 孙诒让：《契文举例》，楼学礼校点，济南：齐鲁书社，1993 年，第25—26 页。
② 陈梦家：《殷虚卜辞综述》，北京：中华书局，1988 年，第 539 页。
③ 饶宗颐：《殷代贞卜人物通考》，香港：中华书局（香港）有限公司，2015 年，第 95 页。
④ 裘锡圭：《释"秏""秏"》，《古文字论集》，北京：中华书局，1992年，第 35—39 页。
⑤ 陈年福：《甲骨文词义论稿》，上海：上海古籍出版社，2007 年，第 54 页。

甲骨文"采"写作"",字形下部是一棵树木形,树木枝杈上有像果实或枝叶的形状,而字形上部是一只朝下的手爪之形,整字会以手向下有所采摘之意。这是上古先民采集生活的真实写照。在严格意义上的农耕社会之前(或与农耕并行),人们主要以采集果物为谋生手段。采集果物并不是随时随地任意进行的,为了采摘到丰硕的成果,人们不得不在日常经验中掌握果物的生长周期规律,在果物成熟时节入林进行采摘活动。因此,采摘活动的时间节点变得尤为重要,这就使得采摘活动与时间概念有了最直接的联系。

甲骨卜辞中频见"大采""小采"之语,如:

[8]丙午卜,今日其雨。大采雨自北,延献,少雨。

《合集》20960

[9]丁未卜,翌日昃雨。小采雨。东。　　《合集》21013

过去对于甲骨文"采"字的释读,于省吾认为卜辞的"采"是指云色,三色以上谓之大采,三色及以下谓之小采。①董作宾认为大采相当于"朝",小采相当于"暮"。②邓飞则认为"采"仍应释为采摘,"大采""小采"指的是采摘规模的大小,而采摘规模的大小与时间有关,因而以此记录时间。③此说很有参考意义,但说"大采""小采"指采摘规模

---

① 于省吾:《释大采小采》,《双剑誃殷契骈枝 双剑誃殷契骈枝续编 双剑誃殷契骈枝三编》,北京:中华书局,2009年,第306—308页。
② 董作宾:《殷历谱》,《董作宾先生全集》(乙编第一册),台北:艺文印书馆,1977年,第30—39页。
③ 邓飞:《商代甲金文时间范畴研究》,北京:人民出版社,2013年,第13页。

的大小，或许不如说是指采摘时间更为准确。由"采"字的采摘义所引申而来的采摘时间，可称之为"采"日，卜辞中的"大采"和"小采"当均指一日之内的某个具体时段。因此"大采""小采"均指采摘时间在逻辑上很通顺，但它们和采摘规模大小有直接关联的可能性应该较小。因为古人采摘规模的变化可能会有季节性或时日性，例如果物普遍完全成熟时可进行大规模采摘，而尚未完全成熟时则可能是小规模采摘。但果物的成熟不会在一天内有大的变化，故"大采""小采"作为一天之内的时称而言，人们大概率不会在同一天内根据果物成熟程度分成大规模和小规模两种采摘行为，因此这里的"大""小"可能只是就采摘时间的习惯而言的。采摘行为是农事的一部分，因而"采"日也是以农事行为表示农时的一个典型示例。

第二节　节气时间表达与农业生产周期的观察

前文曾说过，古人的农业生活和农时观念是相辅相成的，这就是说，很多农时观念是由农事行为转变而来，而农事行为也反过来依赖于人们对农业时间的把握程度。古代历法使用农历，农历之所以称"农"，或许正是由于历法与农业生活密不可分的联系。这种联系体现在气象变化上，气象和气候的变更是左右农业产值的直接要素，以气候定农时，成为古人农业生活乃至整个社会生活的最重要内容。

除了上文所述的各类农时字类以外，古人在农耕生活方面还有极为丰富多彩的有关时间概念的表达。《尚书·尧典》中所谓"日永""日中""日短"等语，体现的是古人观测日影以记录时间的痕迹。观测日影时，人们通常使用所谓"立中"的方式，即将一根杆子立于日下，根据日下杆子在地面投影的长度来确定白日的时间变化。但随着季节的变化，日影投射在地面上的长度也会产生变化。通过长期的观测和记录，人们发现所测得日影最长的时候，正是一年中白天最长的时节，于是把这一天称为"日至"。"至"是到的意思，"日至"即日长到达极致之义。这一天对应《尚书》中的"日永"，也就是现在的夏至。相对于最长的白天，自然也有最短的白天，在这一天所测得的日影长度是最短的，故称其为"短至"，也就是《尚书》中的"日短"，对应的是现在的冬至。

随着农业生产的发展，人们对农事经验的把握越来越娴熟，对季候变化规律的认识也越来越精准。春秋时《左传·僖公五年》有所谓"八节"的记载："凡分、至、启、闭，必书云物，为备故也。"[1] 孔颖达疏曰："凡春、秋分，冬、夏至，立春、立夏为启，立秋、立冬为闭，用此八节之日，必登观台，书其所见云物气色。"[2] 对应的说法还有《黄帝内经·素问》称之为"八纪""八正"者，《礼记·月令》分为"立

---

[1] 郭丹、程小青、李彬源：《左传（上册）》，北京：中华书局，2012年，第341页。

[2] 十三经注疏整理委员会：《春秋左传正义（十三经注疏）》，北京：北京大学出版社，2000年，第387页。

春、日夜分、立夏、日长至、立秋、日夜分、立冬、日短至"者。战国《周髀算经》中根据夏至和冬至来区分寒暑，又根据春夏秋冬四季的定立来确定春种、夏耕、秋收、冬藏等农业活动。在"八节"的基础上，人们渐渐将一年内的节气根据农时关系分为二十四节，这就是二十四节气（参见表 5 - 2），它为我们呈现了古代劳动人民细致观察农业生产周期所留下的重要成果。

表 5 - 2　二十四节气

正月	立春	四月	立夏	七月	立秋	十月	立冬
	雨水		小满		处暑		小雪
二月	惊蛰	五月	芒种	八月	白露	十一月	大雪
	春分		夏至		秋分		冬至
三月	清明	六月	小暑	九月	寒露	十二月	小寒
	谷雨		大暑		霜降		大寒

除了二十四节气，民间还有诸多根据农业生产活动进行纪时的方式，如根据植物生长周期特点对月份进行特殊的命名：称二月为杏月、三月为桃月、四月为槐月、五月为榴月、六月为荷月、七月为兰月、八月为桂月、九月为菊月、十月为梅月等。还有根据养蚕时节的特定性，将适宜养蚕的三月称为蚕月，《诗经·七月》就有："蚕月条桑，取彼斧斨。"① 这

---

① 刘毓庆、李蹊：《诗经》，北京：中华书局，2011 年，第 363 页。

些与农业生产周期相关的农时术语，都是古人在经历长期的农业生产实践后，于思想意识领域中生成农时概念的痕迹，它为我们呈现了古人农时观产生、发展和演变的脉络。

第三节　顺应天时的农本思想渊源

考古资料显示，在我国北方的黄河流域，有距今七千余年前的裴李岗文化遗址，其中已经存在大量农作物的炭化遗存。而在南方的长江流域，也于距今七千年前的河姆渡文化遗址中发现了数量可观的人工培植水稻和农业生产工具的遗存。[①]这些考古研究证实，我国先民早在数千年前的新石器时期就已经进入农耕文明，并且当时的农业生产水平已经取得了一定规模的发展。

稳定的农耕生活对于人们在观念意识中形成与农业活动相关的农时观念具有积极的促进作用。大率源于先民对农业生产周期的观察过于密切，因而基于此观念形成的有关时间概念的文字和词汇在语言范围内自成体系。观察农业活动中的气象，由此把握抽象的时空意识，这正体现了中国历史悠远的"农本"思想渊源。

前文曾述及统治者提出"民时天授"观念的问题。事实上，传播"民时天授"观念的另一个主要目的，正在于统治者对于农业管理的重视。古代农业的生产发展需要民众顺应

---

① 安金槐：《中国考古》，上海：上海古籍出版社，1992 年，第 63—141 页。

天时开展农业活动，因为农业生产的成果不光是百姓生存的根本，同时也是国富民强的重要保障。统治者为了巩固国家的发展，也必须对民众提出"顺应天时"的要求。在典籍文献中，农业活动必须"顺应天时"的观点有很多体现，如《管子·匡君小匡》中有"无夺民时"、《吕氏春秋·士容论·任地》中有"无失民时"等。元代农学家王祯的《王祯农书》中有《授时篇》，详细总结了历代劳动人民的各类农业生产经验，将天象、物候与农事活动紧密结合，按照"二十四节气"的历法体系确定了四季与月份，并形成简便易用的《授时图》以利于民。① 王祯的成果所呈现的是民间对统治者所颁布官方历法的灵活使用情况，体现了百姓在面对"顺应天时"的规则时接受与融合的过程。

对于农业生产而言，统治者最好的管理方式就是顺其自然，也就是顺应植物生长的自然周期，因此需要责令劳动人民按照适当的时机进行农业生产。农业生产的重要性，完整地体现在时人对"民时"的重视程度上。人们不仅要正确地掌握农时，还要严格地遵守农时，否则就会因为失掉农时而错过生产。正所谓，机不可失，时不再来。在以农为本的早期社会中，错失农时往往容易酿成灭顶之灾，不论是对百姓而言还是对统治者而言，那都是无法承受的后果。

如何正确管理"民时"，过去的统治者常常依靠上行下效的方式，如自古就有的天子籍田制度。

---

① 丁建川：《〈王祯农书·授时图〉与二十四节气》，《中国农史》，2018年第 3 期。

"籍田"之"籍"的本字是"耤"。"耤"的古文字形体如下所示：

甲骨文　　　　金文　　　古陶文　　小篆

该字最初的形体是一个会意的图像,左半部是一个耒耜的形状,右半部是一个侧立的人形并突出其手部有所持,脚下也有所踏。郭沫若说此字"乃耤之初字,象人持耒耜而操作之形。金文令鼎'王大耤农于諆田',其字作 [字形],象形、昔声,彼所从之象形文即此字也"[1]。商代卜辞中有"小耤臣"(《合集》5603 等)一词,一般认为这是"掌农功之官"。[2]《说文·耒部》:"耤,帝耤千亩也。古者使民如借,故谓之耤。"[3] 段注曰:"帝耤,见《月令》。《周礼·甸师》:'掌帅其属而耕耨王藉,以时入之以共齍盛。'《礼记》曰:'天子为藉千亩,冕而朱纮,躬秉耒以事天地山川社稷先古。'……亲耕不能终事。故借民力而谓之藉田。言藉者,歉然于当亲事而未能亲事也。"[4] 所谓"借民力",是以"耤"字表借之义为出发点的一种解释。事实上,从"耤"之早期写法可知此字本身所表达的就是躬耕之义,故不必强行由后世之借义来

① 郭沫若:《甲骨文字研究·释耤》,《郭沫若全集》(考古编第一卷),北京:科学出版社,1982 年,第 79—82 页。
② 徐中舒:《甲骨文字典》,成都:四川辞书出版社,1989 年,第 480 页。
③ 许慎:《说文解字》,北京:中华书局,1963 年,第 93 页。
④ 许慎:《说文解字注》,段玉裁注,上海:上海古籍出版社,1981 年,第 184 页。

理解。

从普通的耕作用字，到天子躬耕称为"籍田"，其中语义的发展变化也正体现了统治者的重农思想。天子不仅要求民众躬耕以时，还亲自带领民众展开农事活动，以示其重农思想。虽然所谓"籍田"后来只作为一种礼制行为，但其最初的目的以及它能上升到国家礼制层面的缘由，正是古代农本思想的最真实体现。

第四节　不违时序的封建礼制观

"天授民时"强调"时"由"天"授，就是于统治者的权威之下，向被统治者灌输一种强烈的先入为主的意识，这种意识在于强调"天"的权威性，进而又将这种权威性从"天"转移到"天子"即统治者身上，以此加强王权的统治，最终使得不违时序的观念（其实是"不违统治者"的观念）深入人心，使"时序"问题成为历朝历代礼制观念中的重要内容。

随着社会局面的渐趋稳定，时间秩序的问题也变得越来越重要，它通常可以渗透到国家礼仪制度的方方面面。所谓时间秩序，即人们应当按照固定的时间进行固定的社会活动。其中必然涉及如何对具体的时间进行分配的问题，意即"什么时间该干什么"的问题。自古以来，"日出而作，日入而息"是人们生活作息的最基本方针，而当国家形成后，国家的最高统治者就需要掌控其所辖民众生活的方方面面，其中自然包括民众活动的时间秩序。什么时候该干什么，什么时候不能干什么，一切都有"天授民时"的严苛典章制度来进行管理。

《吕氏春秋》中的"十二纪"按春夏秋冬的时令排序，各纪在梳理天文历法和物象征候等自然现象的同时，逐一阐明了君王在每个月令时节所应遵循的礼制规章，还有顺应各个时节所应施行的祭祀、礼乐、农事等活动。书中的政治思想是使人民顺应天地自然之性的"法天地"观念，结合吕不韦编修此书是为统治者稳固王权的出发点来看，书中渗透了统治者对民众所做的有关"顺天之时"的基本思想。也就是说，在此规章范围内，民众的任何行为举止都应当"顺应天时""不违时序"，该干什么的时候就干什么，不该干什么的时候就禁止干什么。"时序"问题，被置于王权礼制的至高地位。

而这些规章中对于具体时间分配的管理方式，大到年岁与四季，小到一天中的具体时辰，均是时间秩序管理的范畴。历代具体的时间秩序情况在如《礼记》《吕氏春秋》和《淮南子》等传世文献的月令相关内容中都留下了较为详细的记录。除了传世文献以外，近代考古发掘所出的多种《日书》等出土文献也是十分重要的参考对象。

一、"宵"禁制度

《说文·宀部》："宵，夜也。从宀，宀下冥也；肖声。"①"宀"指屋宇，许慎认为"宵"为"宀下冥"，意即在屋宇之

① 许慎：《说文解字》，北京：中华书局，1963年，第151页。

下休息。段注曰："《释言》、《毛传》皆曰：宵，夜也。《周礼·司寤》：禁宵行夜游者。郑云：宵，定昏也。按：此因经文以宵别于夜为言。若浑言，则宵即夜也。"① 段玉裁提到的"禁宵行夜游者"出于《周礼·秋官司寇》，书中认为古代有"司寤氏"一职，该职专门掌管夜观星象以确定时间等事务，同时还负责管理夜间人们的活动和夜游等行为。②

　　古代或为减少夜间危险，或为防止盗贼事件的发生等，很早就有所谓"宵禁"的传统，即严禁民众于夜间随意在户外有所活动。这种严禁"昼伏夜出"的法令，随着时代的演变不断发展变化，各种政治缘由致使其具体的施行情况越来越受到掌控欲强烈的统治者们的关注。到了唐宋时期，相关"宵禁"的法令已被写入朝廷正式律例，如《唐律疏议》就规定"昼漏尽为夜，夜漏尽为昼"，将所有无故在夜间有所行动者都定义为犯禁行为，并对违禁者实施如鞭笞之刑等严厉的惩罚。元明之际，有关"宵禁"的法令有愈演愈烈的趋势。统治者或上位者们对于普通百姓夜间行动的禁令更趋细致化和严谨化，官府甚至开始在闾里乡间安排夜间巡值人员，以便对乡民的夜间活动进行实时掌管调控。"宵禁"制度正是历来深入人心的时序观念体现在王权制度上的最典型的例子。

---

① 许慎：《说文解字注》，段玉裁注，上海：上海古籍出版社，1981 年，第 340 页。
② 徐正英、常佩雨：《周礼（下册）》，北京：中华书局，2014 年，第 734—749 页。

二、以祀为时

原始的岁时观念将客观的自然界与人类社会生活紧密关联，人们按照意识领域中的时间制度进行日常生活，这不仅体现出先民重视“民时”的思想，也从侧面反映了古人对自然万象的崇拜思想。上古时期先民对宇宙万物的理解不够，天体自然的正常运转现象往往被赋予浓厚的神秘色彩，自然物被视为神的化身。对于会给人类生活带来休祲福祸的自然力量，古人一般通过祭祀等方式与之构建和谐的关系。这种祭祀活动的目的是与上天进行沟通，而沟通天神的媒介和沟通方式、沟通时点，都因其活动的神圣性而获得重视。其中，祭祀周期所体现的就是这种与神进行沟通在时点上的重视程度。

祭祀以特定的周期时点展开，商代有所谓“周祭”制度，其中的“周”就是“周遍”之义，周祭是对祖先神灵周遍地进行祭祀的行为。而具体什么时间祭祀哪位先祖神灵，礼制上都有明确的规定。常玉芝有《商代周祭制度》一书，对此专门进行了详尽的讨论，可资参考。[①] 商代的周祭中有几个特殊的情况，如周祭有五种特定的祭祀名，其中之一为“翌”祭，对于该祭的解释，董作宾认为“舞羽而祭谓之翌祭”[②]。吴其昌则认为“翌”为祭之明日又祭（经典多作“绎”），故“翌”又引申为明日之义。[③] 这就是说，“翌”本身是祭祀

---

① 常玉芝：《商代周祭制度》，北京：中国社会科学出版社，1987 年。
② 董作宾：《殷历谱》，《董作宾先生全集》（乙编第一册），台北：艺文印书馆，1977 年，第 100 页。
③ 吴其昌：《殷虚书契解诂》，《甲骨文献集成》（第八册），成都：四川大学出版社，2001 年，第 110—111 页。

名，因为这种祭祀是在礼法上要求于第二日进行再祭的行为，故这种专门的祭名"翌"又用来表示"明日"之义。"肜"祭也是如此。"肜"为祭祀名，举行"肜"祭的日子，亦称为"肜日"，故"肜"也有了时称的用法。还有，古代腊祭作为年终祭祀的活动，一般在十二月举行，故十二月又被称为腊月。凡此种种，都是以祭祀之名转而表抽象的祭祀时间的例子，它体现了古代时间观念的表达与封建礼制之间的密切关联。

第六章

时辰字类与精细时间观

正如前文所言，人类最初的时间意识是以日升月落的周期变化为起点的，即"白昼"和"黑夜"交替的一"日"是最基础的时间单位。以"日"为起点，日复一日的周期积累，结合月相周期变化的节点，又慢慢有了对"月"的认识。基于月相周期的积累，结合草木荣枯周期的节点，人们渐渐形成了"四时"时间观。四时轮番交替一个周期，正对应谷物成熟和鸟兽繁衍的周期，是以有了"年岁"的时间观念。时间的周期不断积累，形成了源远流长的历史脉络，人们正是在这漫长的历史长河中不断繁衍生息。

"日"作为最基础的时间单位，是早期先民对时间概念具有模糊性的一个基本体现。但人类的观念不是一成不变的，当模糊而笼统的时间观念随着社会生活的需要而渐趋精度化、细致化之后，类似于现代的精细时间观念就此生成。

第一节　时段划分观念的形成

对于时段划分观念所形成的时间，有必要简单提一下。

《诗经·大东》："跂彼织女，终日七襄。虽则七襄，不成报章。"① 意思是说织女星一整日运行了七个时段。《诗经·东方未明》："不能辰夜，不夙则莫。"② 夙、莫对举见于同句，可见当时已经有了时段的划分。

事实上，类似这样较为精细的时间观念，其所形成的时间并没有经历太久，早在上古殷商时期，精细时间观已经体现在时人社会生活的诸多方面。正如一年分四季、一季分三月，当时间有了大的分段之后，这种大的分段随之还会被精细分段为更小的单位时间，如一日会被分为早、中、晚三段，而早、中、晚三段又会被细分为更多的小时段。不过这种最初的时间分段往往是不严密的，它同样具有模糊性的特点。

如果一日指一昼一夜的合并时长，那按照时间分段的观点，则一日首先可大致分为"白昼"和"黑夜"两个时段，各自以"日""夕"示之。在分为"日""夕"二时段之后，各时段内还可以进一步细致划分。

在对一昼夜有了明确区划后，人们意识到对一日之内的时间进行更精细等分的意义。但这种时间分段不是一蹴而就的，它在历史发展中也会因为标准的不一样而形成多种不同的体系。董作宾曾认为殷代纪时中将整个白昼分为七个时段，而黑夜是不分具体时段的。③ 《春秋左传注》注释"十时"

---

① 刘毓庆、李蹊：《诗经》，北京：中华书局，2011年，第546页。
② 刘毓庆、李蹊：《诗经》，北京：中华书局，2011年，第246页。
③ 董作宾：《殷代的纪日法》，《董作宾先生全集》（甲编第一册），台北：艺文印书馆，1977年，第75—80页。

时，将一日时段分为：鸡鸣、昧爽、旦、大昕、日中、日昃、夕、昏、宵、夜中。① 这大体体现了春秋时的时段划分思想。《墨子》对时段和时刻的概念进行了区分，如《经上》称："始，当时也。"《经说上》称："始，时或有久，或无久；始，当无久。"② 墨子认为，时间有长短之分，其中"有久"指有持续性，它指的是时段的概念，而"无久"则是没有持续性，这是时刻的概念。"始"也是一种时刻概念。这体现的是战国时期的时段观念。

西汉《淮南子·天文训》中对于一日之中的时段分割有非常细致的描述：

> 日出于旸谷，浴于咸池，拂于扶桑，是谓晨明。登于扶桑，爰始将行，是谓朏明。至于曲阿，是谓旦明。至于曾泉，是谓蚤食。至于桑野，是谓晏食。至于衡阳，是谓隅中。至于昆吾，是谓正中。……至于虞渊，是谓黄昏。至于蒙谷，是谓定昏。③

细读可知，《淮南子》中的时段划分是按照日之运行轨迹来确定的，即太阳运行到哪个位置，就用其所对应的位置来为该时间命名。不过其中提到的各种日行轨迹多为远古传说，并非真实的地名，故其时称很难定位。但这种对时段命名的方式，为我们探索古人据空间以定时辰的思维观念提供了参考。

---

① 杨伯峻：《春秋左传注》，北京：中华书局，1981 年，第 1264 页。
② 方勇：《墨子》，北京：中华书局，2011 年，第 329、342 页。
③ 陈广忠：《淮南子》，北京：中华书局，2012 年，第 145 页。

延续这种发展，东汉《论衡·说日》则提出"日昼行十六分"①。《隋书·天文志》："昼，有朝、有禺、有中、有晡、有夕。夜，有甲、乙、丙、丁、戊。"② 是将一昼夜分为十个时段。

凡此种种都是古代划分一日之内时段的痕迹，那这种时段划分的观念最初始于何时呢？顾炎武《日知录》有言："自汉以下，历法渐密，于是以一日分为十二时。盖不知始于何人，而至今遵用不废。"③ 将一日划分为十二个时辰的方式，据顾炎武所言始于汉代。④ 但也有人认为该方式实则始于西周时期。⑤ 睡虎地秦墓竹简乙种《日书》中明确记载了与十二地支相配的十二时辰之称，其原文作：〔鸡鸣丑，平旦〕寅，日出卯，食时辰，莫（暮）食巳，日中午，日失未，下市申，舂日酉，牛羊入戌，黄昏亥，人定〔子〕。⑥ 睡虎地秦简成书

---

① 王充：《论衡》，上海：上海古籍出版社，1990 年，第 110 页。
② 魏徵等：《点校本二十四史：隋书（第二册）》，北京：中华书局，2011 年，第 526 页。
③ 吴平、徐德明：《清代学术笔记丛刊 2：日知录》，北京：学苑出版社，2005 年，第 318 页。
④ 事实上顾炎武并不认为上古时期存在分一日为十二时的思想观念，其在《日知录》中说："古无以一日分为十二时之说。《洪范》言岁月日，不言时；《周礼》冯相氏掌十有二岁、十有二月、十有二辰、十日、二十有八星之位，不言时；屈子自序其生年月日，不及时；吕才《禄命书》亦止言年月日，不及时。"详参上引《日知录》同出处。
⑤ 中国天文学史整理研究小组：《中国天文学史》，北京：科学出版社，1981 年，第 117 页。
⑥ 睡虎地秦墓竹简整理小组：《睡虎地秦墓竹简》，北京：文物出版社，1990 年，第 244 页。

时间约是战国晚期及秦朝时期，由此可见《日书》所载的这种纪时方式至少在秦朝就已经流行，而这种流行必不是只维持了短短十数年的秦朝自行发明创造的，故该方式应该始于秦统一之前的战国时期。

总之，不论具体的历史演变路径为何，时段划分的观念由来已久，且具体的时段划分方式也在历史演变的过程中不断丰富和发展，直到后来出现了较为严谨的干支分段法。干支分段法是古人参考十二地支的命名规则，将一昼夜的时间划分为十二个等份，即十二时辰，并同样以地支称名的纪时方式。每个时辰对应现在的两个小时，如子时对应现在的 23 点到 1 点间两个小时的时段。后来把每个时辰又细分为"初"和"正"，如子时分为"子初"和"子正"，逐一对应现在的 23 点和 0 点，这就和当前精细的二十四时制一致了。

第二节 时辰时段字类的时间表达

我们说过，这种将一日时间分为若干时段的观念产生得很早。事实上，这种观念早在有文字记载的殷商时期就已经存在。有学者统计研究后，认为商代武丁时大致是把一天分为 12 个时间段的，而在廪辛朝以后，则分一日为 16 个时段（白天 10 个时段，夜间 6 个时段）。①

这些时段被切割为固定的区块后，每个区块的时段必然

---

① 宋镇豪：《中国风俗通史·夏商卷》，上海：上海文艺出版社，2001年，第 457 页。

就会产生对应的固定称谓，这些称谓就是留存在文献语言中的"时辰时段字类"。时辰时段字类所包含的内容较为丰富，它是古代精细时间观在语言文字上的体现。《尚书·尧典》中的"寅宾出日""寅饯纳日"是以太阳为基准的时段划分，其中"出日""纳日"对应甲骨文中的"出日""入日"，这是一种模糊的时段划分用语。前文论述白昼观和黑夜观时多次提到的一些日夜字词用语等都属于此类，如在日夜交替的绝对界限上，划定日夜时间线的标志词"<u>旦</u>""暮""晨""昏"等。当然，文字中的时辰时段用字还有很多，我们不妨举一些实例来逐一论述。

一、夙

"夙"字的形体来源和表义特征已在前文论述过，此不赘述。这里我们主要谈谈"夙"作为时段用字，其具体所指的时段究竟为何的问题。前文提过，李宗焜认为夙所表示的时段在"暮后前夕"[①]，沈培认为其所指时段为"夜尽将晓之时"[②]，宋镇豪认为其所指为"掌灯时分"[③]。以上诸家多认为"夙"是夜晚时段，这是当前学术界相对更为主流的观点。不过，黄天树据卜辞《花东》236 辞中"夙兴"一语，认为"夙"与现在所谓"夙兴夜寐"之"夙兴"是相同的，其意

---

① 李宗焜：《卜辞所见一日内时称考》，《中国文字》新十八期，台北：艺文印书馆，1994 年，第 173—208 页。

② 沈培：《说殷墟甲骨卜辞的"枏"》，《原学》第三辑，北京：中国广播电视出版社，1995 年，第 75—110 页。

③ 宋镇豪：《试论殷代的纪时制度——兼谈中国古代分段纪时制》，《考古学研究》第五辑，北京：科学出版社，2003 年，第 398—423 页。

为"早起",因而在黄天树的研究中,"夙"被作为白天时段的起点。[①]当然,宋镇豪对此有不同观点,他认为:"夙时是下半夜至天明前之间的时段,为殷人早起祈月时。又《周礼·鸡人》云'夜呼旦以叫百官',郑注'呼旦以警百官使夙兴',是用夙字早敬之义,但由此也反映出夙应在旦前,却仍属夜间。"[②]

"夙"究竟归属于夜间时段还是白昼时段,这关系到日夜分界的问题。根据学者们的研究,若以一日之始而言,"夙"所指的时间段可能有一部分包含在日之始的范围内,故可将其作为一日的起点。而以一日之终而言,"夙"所包含的时段可能有一部分也存在于日之末,故亦可将之作为一日的终点。由于古时的时间分段还没有精细到节点的程度,某具体时间用语更多情况下所指示的是一个时段,而时段内所包含的时间节点完全存在被前后分割的可能。即便在现代生活的精细时间分段制度中,也仍旧存在某时间节点究竟如何归属的问题,如日夜分界的节点处究竟称为前一天的 24 点还是第二天的 0 点等问题。因此,对于"夙"的时间节点归属问题,在学术界尚未形成更一致的观点前,我们只能明确到"夙"的所指大概正处于日夜交界点的程度,更细致的分析仍有待进一步探索。

二、明

"明"字用于表明天之义是很晚以后的事,但"明"这个

---

① 黄天树:《殷墟甲骨文白天时称补说》,《中国语文》,2005 年第 5 期。
② 宋镇豪:《商代史·卷七:商代社会生活与礼俗》,北京:中国社会科学出版社,2010 年,第 95 页。

字形其实早在殷商时期已经常见。其各时期主要古文字形体如下所示：

甲骨文　　　　　金文　　简帛文　　小篆

古文字的"明"未必从日、月，它还从月照于窗边之貌，如上举古文字中从"囧"的字形，其中的"囧"就是窗户的象形，甲骨文中有更为象形的窗户形态，可以为证。《说文·明部》："明，照也。"[①] 这是古文字"明"的最初含义，此含义正与其字形结构所表示的"月照于窗边"意义相符。但古文字中的"明"也未必全然没有表示时间的含义。郭沫若云："明者，晨也。"他以小盂鼎铭文为例："昧爽，三左三右多君入服酉，明，王各于周庙。"该铭文中的"明"与"昧爽"对举，当是时称，又因其中"明"位于"昧爽"之后，因此该"明"所指的具体时间当处于"昧爽"之后。[②]

三、湄/湄日

商代文字中有一个表示时间的词，写作"湄日"或"湄"。"湄"字的古文字形体如下所示：

甲骨文　　　　　　　　　小篆

---

① 许慎：《说文解字》，北京：中华书局，1963年，第141页。
② 郭沫若：《卜辞通纂》，北京：科学出版社，1983年，第393页。

甲骨文"湄"字结构从"水"、从"眉"，从形体上可清晰地将其隶定为"湄"。至于该字的词义用法，卜辞中"湄日"习见，如：

[1] 其雨。兹用。湄日雨。　　　　　　　《合集》27799

[2] 王其射又豕，湄日无弋（灾）。　　　《合集》28305

[3] 壬，王其田，湄日不遘大雨。　　　　《屯南》2966

以"某日"的结构作时间词是卜辞中常见的时称表达法，此"湄日"的用法在卜辞中约有 300 例，频率是较高的，故其用作时称词当是毫无疑问的。过去对"湄"字的解释中，杨树达等认为它应当读为"弥"，而卜辞中所谓"湄日"就是"弥日"，指的是"终日"的意思。[①] 于省吾则指出"湄"字当通为"昧"。[②] 杨升南认为"湄日"属于日间时称。[③] 于省吾释"湄"获得较多学者的认同，若依此释，则"湄"大体可被读为"昧爽"，昧爽指黎明时分，它是一个时段词。

四、出日

《尚书·尧典》有言"寅宾出日"，其中的"出日"一般认为即日出。商代甲骨文中也有"出日"一语，日本学者岛

---

① 杨树达：《积微居甲文说》，上海：上海古籍出版社，1986 年，第 69 页；屈万里：《殷虚文字甲编考释》，台北："中研院"历史语言研究所，1961 年，第 89 页。

② 于省吾：《释湄日》，《甲骨文字释林》，北京：中华书局，1979 年，第 121—123 页。

③ 杨升南：《说甲骨卜辞中的"湄日"》，《徐中舒先生百年诞辰纪念文集》，成都：巴蜀书社，1998 年，第 38—42 页。

邦男提出"出日"是时间词的观点。① 饶宗颐认同此说,并认为"出日"从时间上所指是早晨时段,即"朝"。② 于豪亮指出《睡虎地秦墓竹简·日书乙种》和《马王堆帛书·阴阳五行》中的"日出"一词也是时称。③ 综合各家所言,可知卜辞中的"出日"或简帛中的"日出",其具体所指根据语义而言应该都是现在的日出时分,是属于早晨的一个时段。

卜辞中的"出日"见如下辞例:

[4] 戊戌卜,内,乎雀戠于出日于入日窜。《合集》6572

[5] 辛未卜,又于出日。　　　　　《合集》33006

[6] 乙酉卜,又(侑)出日,入日。　《合补》10644

例[4][5]"出日"均出现在介词"于"之后,是介词所介引的时间词。而例[6]有点特殊,它出现在祭祀动词"又(侑)"之后,此时的"出日"不再只是指示时间的时间词,而是祭祀的对象,是专有名词。

五、蚤(早)

甲骨文

甲骨文有一个作如上形体的字,一般工具书都将其按照字

---

① 于省吾:《甲骨文字诂林》,姚孝遂按语编撰,北京:中华书局,1996年,1091页。

② 饶宗颐:《殷代贞卜人物通考》,香港:中华书局(香港)有限公司,2015年,第494—495页。

③ 于豪亮:《于豪亮学术文存》,北京:中华书局,1985年,第159页。

形结构直接隶定，但释为现在的何字还没有一致的意见。黄天树认为卜辞中该字有一种用法是位于祭祀动词之前的，这时的  字当是一个表示时间的词，可释为"早"，表早晨之义。①  字字形中的交叉笔画 ↗ 是一只手的象形，即"又"字。字形在"又"上附加一些点缀，一般隶定为"叉"，此即"蚤"字的上半部。典籍中的"蚤"字有"早"的用法，《诗经·七月》："四之日其蚤。"② 孔颖达疏曰："四之日，其早朝。"③ 一般认为"蚤""早"为通假关系，即由于发音的近似而借用"蚤"字形体以表示"早"之含义。由此，则释甲骨文中的  字为"早"在字形上也有一定根据。

六、艸

甲骨文

甲骨文中有上述形体的几个字，对其释字问题，学界一直争讼不休。陈梦家说："武丁时又有一纪时之字作 ↙、↗、↗、↗ 四形，今释为世、枼、菁、皆。……凡此"世"字似是年岁之义，字象枝叶之形，枝叶一年之凋，故一世为一年。……要之，'今春''今秋'有关乎农事，'今世'或'今时'则无关。"④

———————

① 黄天树：《殷墟甲骨文白天时称补说》，《中国语文》，2005 年第 5 期。

② 刘毓庆、李蹊：《诗经》，北京：中华书局，2011 年，第 366 页。

③ 十三经注疏整理委员会：《毛诗正义（十三经注疏）》，北京：北京大学出版社，2000 年，第 594 页。

④ 陈梦家：《殷虚卜辞综述》，北京：中华书局，1988 年，第 227—228 页。

夏渌直接释此字为"春"。① 唐兰指出其中的 Ψ、Ψ 二形是"屯"字，他认为："屯本如此作，象栀（香椿）形。第一形象椿木枝条虬曲之状，第二形则并象其根矣。卜辞'今屯''来屯'，盖假为春。"但他认为 Ψ 形非春字。② 于省吾释此字为"条"，他认为该字上部作枝条弯曲形，当象木条形，即条之古文。加攸为声符，即为条。或下从口，象盆中艸木欣欣向荣之形。卜辞言今条来条，即今秋来秋。③ 宋华强根据于省吾的考释意见，进一步认为此字当读为朝暮之"朝"，他的观点具体为："上古音'条'属定母幽部，'朝'属端母宵部。定母、端母都是舌头音。幽部和宵部主元音相近，韵尾相同，关系很密切。古书及出土文献中幽部和宵部相通的例子很多，不繁列举。文献中从'攸'声的字与从'周'声、'兆'声的字相通，而后者又与'朝'字相通，这也说明'条'、'朝'可以相通。把 Ψ、Ψ、Ψ、Ψ 释为'条'字而读为朝暮之'朝'，相关卜辞皆可读通。"④ 近年，陈剑在诸家之说的基础上，提出了更新的意见，他认为："主要见于师宾间类、宾组、出组一类的 Ψ、Ψ、Ψ 等形释为'艸'字初文，

---

① 夏渌：《释甲骨文春夏秋冬——商代必知四季说》，《武汉大学学报（社会科学版）》，1985 年第 5 期。
② 唐兰：《释屯晵》，《殷虚文字记》，上海：上海古籍出版社，2016 年，第 3—11 页。
③ 于省吾：《释条》，《双剑誃殷契骈枝 双剑誃殷契骈枝续编 双剑誃殷契骈枝三编》，北京：中华书局，2009 年，第 19—26 页。
④ 宋华强：《释甲骨文中的"今朝"和"来朝"》，《中国文字》新三十一期，台北：艺文印书馆，2006 年，第 197—207 页。

读为'早晨'之'早'。……一方面，'艸/草'跟'造'和'遭''早'等字的读音非常密合；另一方面，"✕"的造字意图可以理解为以其上半作枝茎弯曲柔弱之形，来跟上半作枝茎伸展之形的树木的'木'字相区别。"✕"省去下半之 B 类形 ⼳，即演变成'中'字（'中''艸'本为一字）。"① 陈剑的释字意见被收录于《新甲骨文编》中，目前受到较多学者的肯定。

事实上，不论该字具体释为现在的哪个字，其用作时称，表示某时段之义的结论，基本是毋庸置疑的。而且据学者们的普遍意见可知，该字极有可能是一日之中的上午时段用字。

七、食日

商代甲骨文中有"食日"之语作为时称用词，具体到卜辞中又分为"大食""小食"，"食"所表示的时间也是一天中的某个具体时段。辞例如：

[7] 食日不雨。　　　　　　　　　　　　《合集》29785

[8] 食日至中日其雨。　　　　　　　　　　《屯南》624

《史记·天官书》："旦至食，为麦；食至日昳，为稷；昳至餔，为黍；餔至下餔，为菽；下餔至日入，为麻。"② 其中"食"居于"旦"之后，由此可知"食"所表示的时段应该是在"旦"之后的。董作宾认为"大食""小食"是朝夕两

① 陈剑：《释造》，《出土文献与古文字研究》第一辑，上海：复旦大学出版社，2006 年，第 55—100 页。
② 韩兆琦：《史记（三）》，北京：中华书局，2010 年，第 2133 页。

餐的时间，整体而言是符合古人饮食习惯的。

八、中日

卜辞中有"日中"和"中日"之语，用于表示时间。具体示例如下：

[9] 中日其雨。   《合集》29910

[10] 中日大启。   《合集》30197

[11] 中日至羣兮启。吉兹用。 《合集》30198

[12] 食日至中日不雨。中日至昃不雨。 《屯南》42

[13] 中日至羣兮不雨。大吉。 《屯南》2729

[14] 莫于日中乃往不雨。   《合集》29788

[15] 叀日中又大雨。   《合集》29789

从"日中""中日"的词义可知其所表示的时间段应该是正午时分无疑。《尚书·无逸》有："自朝至于日中、昃，不遑暇食。"[①]《左传·昭公元年》也有："旦及日中不出。"[②] 可见该时段用语从古至今是一脉相承的。

九、市/市日

"市"字可用于表示时间，这是由甲骨文的"市日"一词而来。"市"字古文字写法如下所示：

甲骨文	金文	简帛文	古陶文	小篆

---

① 王世舜、王翠叶：《尚书》，北京：中华书局，2012 年，第 257 页。

② 郭丹、程小青、李彬源：《左传（下册）》，北京：中华书局，2012 年，第 1558 页。

"市"字的甲骨文字形是裘锡圭先生对比战国文字"市"的形体特征后释出的。① 李宗焜提出"市日"是一日内的某具体时段用词。② 王蕴智将"市"读为"昳",认为其作时称所表示的时段当是太阳偏西时分。③"市/市日"在卜辞中的用法具体示例如下：

[16] 贞：于乙日市西，王受又〔佑〕。　　　《合集》27202

[17] 于劦日市乃又彡王受［又〔佑〕]。《合集》27641

[18] 今日丁市日王其逸，无𢦏。　　　　　《合集》28754

从"市/市日"往往紧接在表示某具体时日的时间词之后可知，它应该确实是个时称，而附于纪日字后，可知它大概率是指示一日之内的某具体时段。

十、莔日

甲骨文中有一个如下形体的字：

甲骨文

字形上从"羊"，下从"目"，可隶定为"莔"。李孝定认为此字用于表日中之时。④ 其后多有学者信从。黄天树指出，

---

① 裘锡圭：《战国文字中的"市"》，《考古学报》，1980 年第 3 期。
② 李宗焜：《卜辞所见一日内时称考》，《中国文字》新十八期，台北：艺文印书馆，1994 年，第 173—208 页。
③ 王蕴智：《释甲骨文"市"字》，《古文字研究》第二十五辑，北京：中华书局，2004 年，第 26—28 页。
④ 李孝定：《甲骨文字集释》，台北："中研院"历史语言研究所，1970 年，1157 页。

该字所指的具体时段在中日至昃之间。① 邓飞举时称之字时，在对该字的描述中举了一个 ✶ 形，认为 ✶ 与 ✹ 字同。② ✶ 字近年经陈年福释为"善"③，其证据较为充分，获得学界较多认可。✶ 在卜辞中的用法与 ✹ 判然有别。用作时称的"畫日"见于如下卜辞：

[19] 壬戌又雨。今日小采允大雨。征伐。畫日隹启。

《合集》20397

[20] 己亥卜，又，庚雨。其㚎，允雨不。昃启，亦雨自北……大启，昃□畫日…… 《合集》20957

[21] 甲午卜庚子十牢。用。昃雨，妹、畫日启。

《村中南》340

前两例为黄天树所举示例。笔者还在《村中南》卜辞中找到了一个较为清晰的例证。这些辞例中的"畫日"用为时称是毫无疑问的，其字形写法一律作 ✹ 形。

十一、稟（墉）兮

| 甲骨文 | 金文 | 简帛文 | 小篆 | |

上述甲骨文、金文和简帛文字形是"墉"的古文字写法。在这些字形被确释为"墉"字之前，对于此字的释读曾有过一段

---

① 黄天树：《殷墟甲骨文白天时称补说》，《中国语文》，2005 年第 5 期。
② 邓飞：《商代甲金文时间范畴研究》，北京：人民出版社，2013 年，第 17 页。
③ 陈年福：《释"蕭"》，《中国语文》，2018 年第 2 期。

时间的混乱，如郭沫若最初认为甲骨文 𡕥 字用为时间词，其表示的是"晨曦"之"曦"。① 于省吾释 𡕥 字为"郭"，认为卜辞中常见的"郭兮"意为晨光开廓曦明。② 陈梦家认同"郭兮"的释字，并进一步指出其所指时段在于昃昏之间。③ 现在一般根据古文字的构形理据，将上列字形释为"墉"，"墉兮"一语大概率是用于表示某具体时段的时称词，其具体卜辞例证如下：

［22］墉兮至昏不雨。　　　　　　　　　《合集》29794

［23］中日至墉兮启。吉兹用。　　　　　《合集》30198

［24］墉兮其雨。　　　　　　　　　　　《东研》1177

十二、晡

"晡"字出现的时间不算早，甲骨文和金文中都未见其形。《玉篇》收录此字，并释之为："申时也。""晡"所表示的时段对应的大体是现在时间的下午三点至五点这段时间。《说文·食部》："餔，日加申时食也。"④ 此"餔"正与"晡"一字同源。根据其结构所从的"食"部，推测该字可能表示傍晚时分用餐的情况。以傍晚时分的餐食情况来表示傍晚用餐的时间，这与古人以具象事物或事件来表示抽象时间概念的表达方式是相符的。陈梦家认为"小食为餔，为下午四时，即夕之开始"。⑤

① 郭沫若：《殷契粹编》，北京：科学出版社，1965 年，第 537 页。

② 于省吾：《释墉兮》，《双剑誃殷契骈枝 双剑誃殷契骈枝续编 双剑誃殷契骈枝三编》，北京：中华书局，2009 年，第 37—38 页。

③ 陈梦家：《殷虚卜辞综述》，北京：中华书局，1988 年，第 231 页。

④ 许慎：《说文解字》，北京：中华书局，1963 年，第 107 页。

⑤ 陈梦家：《殷虚卜辞综述》，北京：中华书局，1988 年，第 230—231 页。

十三、入日

相对于"出日",典籍中还有"入日"一语。"入日"的概念也见于《尚书·尧典》,即所谓"寅饯纳日"的"纳日"。古文字中"入"与"内(纳)"通,故"纳日"即"入日"。卜辞中有"入日"一语,李宗焜认为此"入日"是时称。①

十四、卪/卪人

甲骨卜辞中有一个字形如下所示:

甲骨文

对于此字的释字意见不一,因其字形结构找不到对应的现代通行字,一般使用隶定形体为之。该字字形像一个侧面踞坐的人形,但于人形膝盖部位标注了一个弧形或短笔作为指示符,其构形含义众说纷纭。黄天树将此字释为"㔾",认为它当读为"曦"或"晞"。后又改释为"卮",读为"人定"之"定",认为该字所表示的是后世"人定"之时的含义。②刘桓将之释为"节",认为"节人"体现了上古宵禁制度,指入夜后至天明之间的时段。③宋镇豪认为"卪人"所指时段大

① 李宗焜:《卜辞所见一日内时称考》,《中国文字》新十八期,台北:艺文印书馆,1994 年,第 173—208 页。
② 黄天树:《殷墟甲骨文所见夜间时称考》,《黄天树古文字论集》,北京:学苑出版社,2006 年,第 178—193 页。
③ 刘桓:《释甲骨文𡖼、𡗡二字》,《古文字研究》第二十五辑,北京:中华书局,2004 年,第 14—19 页。

体对应当今时制的 21 时至 23 时之间。① 所谓"𡊅人"的用法在卜辞中的具体示例如下：

[25] 甲辰……至戊𡊅人。 《合集》1079

[26] 癸未卜，贞：旬甲申𡊅人雨，□□雨。十二月。

《合集》21021

[27] 辛丑卜，奏𩰲从甲辰𡊅小雨。四月。 《屯南》4513

"𡊅人"紧接于干支时称之后，其后有"雨""小雨"这样的动作词，从语法结构来看，该词极有可能确与干支字形成定中结构，上举辞例的句意可理解为"某干支日中的具体某时间节点或某时间段是否有雨（小雨）"。

十五、寐人

古文字中的"寐"写作如下形体：

甲骨文 简帛文 小篆

甲骨文中的字形过去说法不一，现以黄天树释"寐"为宜。甲骨文"寐"字字形显示为：在屋宇下，一个侧卧的人形倚靠于床畔（字中的"口"符或是区别符号）。由字形的构造可知此字为表睡卧之义的"寐"。但卜辞中有"寐人"一词，见于如下辞例：

---

① 宋镇豪：《试论殷代的纪时制度——兼谈中国古代分段纪时制》，《考古学研究》第五辑，北京：科学出版社，2003 年；又见《释住》，《殷都学刊》，1987 年第 2 期。

[28] 庚申寐人，雨自西……五月。　　　　《合集》20964

据辞例用法可知此"寐人"当是时称。黄天树认为"寐
人"指人躺卧下来休息的时间，其大体时段应居于黄昏与人
定之间。①

第三节　时段划分与精细时间观

除了前举诸日夜间的时辰和时段用字以外，语言中还有其
他能体现古人精细时间观念的字，如"旬"。"旬"的古文字
形如下所示：

甲骨文　　　　　金文　　　　　简帛文　　　　　小篆

《说文·勹部》云："十日为旬。"② 故"旬"指十日。从
"旬"这个概念来看，它应该至少是在"日"的概念产生之后
才有的产物，尤其是在干支纪日的概念之后。古人以干支纪
日时，对应十干正是十日，十干一轮正是一旬。殷商甲骨文
中"旬"是常用字，商代人常占卜一旬之内的福祸，形成
"旬无忧"（或读"旬无祸"）等占卜套语。也有观点认为，
甲骨文"旬"字字形作 𠂤，其中的短竖笔就是甲骨文"十"
的写法，而除了短竖笔之外的回旋曲笔正表示往复周遍之义，

① 黄天树：《殷墟甲骨文所见夜间时称考》，《黄天树古文字论集》，北
　京：学苑出版社，2006 年，第 178—193 页。
② 许慎：《说文解字》，北京：中华书局，1963 年，第 188 页。

由此表示以十日为一句进行往复周遍之义，直至金文才在其中增加"日"符写作 ⬡ 形，就是现在的"句"。[①]

一、干支纪日

从历史考古的角度而言，中国历史最早的实物文献是殷商时期的甲骨文。甲骨文中呈现了中国最早的纪时记录。从卜辞内容可知，商代人以年岁字纪年，以数字纪月，以干支纪日。卜辞中的干支纪日是干支出现在历史文献中的最早记录。所谓干支，即以"甲、乙、丙、丁、戊、己、庚、辛、壬、癸"十个天干，配以"子、丑、寅、卯、辰、巳、午、未、申、酉、戌、亥"十二个地支，形成六十日为一周期的干支序列表，以此序列记录时间顺序。

干支用以纪日时，十天干与十二地支交相配合的形式，具体如表6-1所示：

表6-1 天干与地支交相配合的形式

甲子	乙丑	丙寅	丁卯	戊辰	己巳	庚午	辛未	壬申	癸酉
甲戌	乙亥	丙子	丁丑	戊寅	己卯	庚辰	辛巳	壬午	癸未
甲申	乙酉	丙戌	丁亥	戊子	己丑	庚寅	辛卯	壬辰	癸巳
甲午	乙未	丙申	丁酉	戊戌	己亥	庚子	辛丑	壬寅	癸卯
甲辰	乙巳	丙午	丁未	戊申	己酉	庚戌	辛亥	壬子	癸丑
甲寅	乙卯	丙辰	丁巳	戊午	己未	庚申	辛酉	壬戌	癸亥

[①] 李玲璞、臧克和、刘志基：《古汉字与中国文化源》，贵阳：贵州人民出版社，1997年，第127页。

干支纪时法最早起于何时,暂时尚没有确实的证据得以证实。但最早使用干支配合的方式以纪日的情况,在殷商时期已经存在并十分成熟。甲骨文中就有完整的干支序列表,如图 6-1 所示:

图 6-1 《合集》37986

天干配合地支由甲子始，历经一整个循环的周期（六十日）后又回到甲子，故称六十甲子。甲骨卜辞中的干支纪日有仅用天干而不用地支的情况，如《屯南》4240；也有只用十二地支而不用天干的情况，如《合集》7772、40521。董作宾认为干支纪日中，每一个干支所指的具体时段有浑言和析言之分，浑言即统言，也就是通指的情况下它包含一昼和一夜；而当用为析言时，即特指的情况下它只指称一昼或一夜。①

二、时段的精细划分

通过前文的论述，我们已经知道，在上古时期古人的时间观念中，白日主要以太阳运行的位置作为时间分段的依据。夜间的时间分段除了观察月相以外，也会依靠对其他天象的观测来进行记录，如观星等方式。《周礼·秋官司寇》："司寤氏掌夜时，以星分夜。"② 《诗经·女曰鸡鸣》："子兴视夜，明星有烂。"③ 都是观星纪时的文献记录。

商代对白天时段的划分相对黑夜而言更加细密，其划分时间的方式具有如下特征：一，划定时段的方式主要依据太阳在天空中运行的轨迹；二，划分时段往往参考人类具体社会生活习惯的秩序。相对而言，商代夜间时段的划分不像白昼时段的划分那样多样化和细致化，这主要是由于夜间时分多用于休养生息，人们的行为活动大大减少，因此依据行为活

---

① 董作宾：《殷代的纪日法》，《董作宾先生全集》（甲编第一册），台北：艺文印书馆，1977年，第75—80页。
② 徐正英、常佩雨：《周礼（下册）》，北京：中华书局，2014年，第793页。
③ 刘毓庆、李蹊：《诗经》，北京：中华书局，2011年，第211页。

动所确定的夜间时段用语的需求也大大减少。这是符合当时人类生活作息习惯的。

随着国家制度和社会的发展，人们对时间的计量有了精度上的更高要求。如前文所述，对每一日进行了时辰和时刻等的划分。古人对于"刻"的观念，来源于当时计时方式中的漏刻。

石刻文　　　　　小篆

"刻"字的本义是契刻、刻画，即在用于计时的漏壶等工具上刻画符号用以记录水流经过的时间，以此作为时间的刻度标志。《说文·水部》："漏，以铜受水，刻节，昼夜百刻。"① 其中的"节"就是所刻的标记，百刻即百节，是时间的节点。有学者认为这种以漏刻计时的方式可能早在商代晚期已经出现。② 但据当前的考古发掘，尚未见到先秦有关漏刻的历史遗迹，故一般认为漏刻的计时方式直到汉代才被广泛使用。《春秋·庄公七年》："夜中，星陨如雨。"③ 杜预注曰："云夜中者，以水漏知之。"孔颖达疏曰："漏者，昼夜百刻。于时春分之月夜当五十刻，二十五刻而夜半也。"④

---

① 许慎：《说文解字》，北京：中华书局，1963 年，第 237 页。
② 阎林山、全和钧：《论我国固有的百刻计时制》，《天文参考资料》，1977 年第 4 期。
③ 郭丹、程小青、李彬源：《左传（上册）》，北京：中华书局，2012年，第 201 页。
④ 十三经注疏整理委员会：《春秋左传正义（十三经注疏）》，北京：北京大学出版社，2000 年，第 263—264 页。

漏刻的使用体现了古人对时间的把握越来越趋于精准。在此之前，人们计量一天中的时间总是笼统而模糊的，其具体时段的节点很难精确，而依照天象观察也无法确定准确的时点。漏刻的使用确定了人们规范具体生活中的时间分配的规则，是人类思想上强化规则意识的一个重要体现。自此，时间的精细化程度日益提高，而时间分段制度化的观念也越来越深入人心。

第七章

抽象的时间表达和与时俱进的思想意识

《楚辞·离骚》："时缤纷其变易兮，又何可以淹留？"①时间是一种抽象无形的意识观念，但同时它也是真实存在的，这种无形的存在依托于自然界万物的存在，意即时间和空间一样，是万物存在的基本维度。古希腊哲学家赫拉克利特曾提出"时间是第一个有形体的本质"的观点，此说遭到了哲学家黑格尔的强烈反驳。② 诚然，时间是万物存在的依托，但时间本身确实又是无形的，它只能随万物的存在而存在，万物一旦消失，时间的意义也将不复存在。人们可以从具象万千的现实事物中，找到依附其上的时间的痕迹，逐渐在意识形态上形成有关时间的观念。然而万物的存在并非一成不变，随着生命体的繁衍生息、宇宙自然的新陈代谢，依托着宇宙变迁的时间也在无声地流淌。但我们应该清醒地认识到，在这自然演变的历史进程中，人类的思想观念发展也从未止步，它始终是与"时"俱进的，而这种与时俱进的无形的时间思想观念，正以有形的时间表达方式，体现在留存于世的语言

① 林家骊：《楚辞》，北京：中华书局，2010 年，第 25 页。
② 黑格尔：《哲学史讲演录》（第一卷），北京大学哲学系外国哲学史教研室译，北京：生活·读书·新知三联书店，1956 年，第 304 页。

文献文字中。

第一节　以具象代抽象的时间表达法

我们的先民在日复一日的生产生活中，从千千万万的具象事物中，萌生出时间的概念，并将这种抽象的概念以各种各样具象的方式表达出来，最终凝练成一套复杂的时间观念系统。如"日""月"类字作为时间观念萌芽时期最早用以表达时间含义的字词，从表达方式来看，它们就是一种典型的以具象事物指称抽象概念的方式。事实上，在时间观念的表达上，这种以具象代抽象的方式正是汉民族在语言思维模式上的主流形式。

在《论语·子罕》中，孔子曾发出"逝者如斯夫，不舍昼夜"① 的叹息，孔子之叹正是以具象的"水流"比喻抽象的时间的流逝。《吕氏春秋·大乐》有云："天地车轮，终则复始，极则复反，莫不咸当。"② 这是将抽象的时间的运转，比喻为循环不止的车轮，也是从具象事物中提炼抽象时间概念之例。除此之外，人类社会中还有多种以具象事物表达抽象时间概念的例子：有将动物按照自然规律进行繁衍生息的现象用作纪年者，如古人"见鸟兽孕乳，以别四节"③，这是根

---

① 陈晓芬、徐儒宗：《论语·大学·中庸》，北京：中华书局，2011 年，第 105 页。
② 陆玖：《吕氏春秋（上）》，北京：中华书局，2011 年，第 132 页。
③ 范晔：《点校本二十四史：后汉书》（第一〇册·卷九十），北京：中华书局，2000 年，第 2980 页。

据鸟兽繁殖时节来确定四季的变换；或以植物遵循自然条件的盛衰周期作为纪年的标准，如《说文·禾部》"年，谷熟也"①，这是将谷物成熟一次的周期定为一个年轮。古代北方少数民族曾有"其书字类胡，而不知年历，唯以草青为记"②的情况，还有"其人不知纪年，问之，则曰：我见青草几度，以草一青为一岁"③。凡此种种，皆是以具象代抽象的时间观念表达。

在我们的语言文字中，也有不少以具象事物表达抽象时间概念的例子，其中，以动物形象来纪时，是早期先民的一个显著特点。事实上，用动物形象来表示抽象的时间概念的表达方法，在少数民族先民中是较为常见的现象，如纳西象形文以 形的"鼠"表"年"，这是出于鼠为十二生肖之首的意图。当前民族学研究显示，以游牧或狩猎为生的民族往往更倾向于使用与他们生产生活息息相关的草木或动物作为纪时的工具。如我国黎族的先民，最初就曾利用鼠、牛、蛇等动物的象形符号来表示鼠日、牛日、蛇日等具体的时间概念。其中所谓鼠日、牛日、蛇日，它们最初所表达的内容大体类似于"多鼠之日""耕牛之日""见蛇之日"等含义，这些日子都是黎族人日常生活中较为特殊的时节，将这些特殊的时节以这些时节里常见的动物形态来标识，显

---

① 许慎：《说文解字》，北京：中华书局，1963 年，第 146 页。
② 李延寿：《点校本二十四史·北史》（第一〇册·卷九十九），北京：中华书局，1974 年，第 3288—3289 页。
③ 徐梦莘：《三朝北盟会编·附索引》（卷三），上海：上海古籍出版社，2008 年，第 18 页。

然再恰当不过。当然，这种表达观念的产生，也可能与早期十二地支概念有所关联。除了黎族之外，还有如傈僳族将一年内的月份按照自然现象和当地风俗习惯等特征，分为花开之月、鸟鸣之月、烧山之月、采集之月、收获之月、煮酒之月、狩猎之月、年节之月、盖房之月等。[1] 北方的少数民族也有类似的情况，如突厥族直至魏晋南北朝时期仍旧有"唯以草青为记"[2] 之风，上举"见鸟兽孕乳，以别四节"[3] 是东汉时期乌桓族的纪时方法，唐代的党项羌族也有"候草木纪岁"[4] 的习惯。当然，不仅是少数民族，汉民族的历史中也存在不少相关的示例，这些都可从历史语言文字中找到相关的痕迹。

在汉语文字中，有些以"衣"旁作义符的字，由于其表意方式略为曲折，导致很多人难以从它的字形中察觉到它的词义最初与"衣"之间的关联，如"初"字。

一、初

古文字"初"与现代汉字的形体一脉相承，字形结构从"衣"、从"刀"，它是一个会意字，表示的是以刀裁剪衣服的意思。其具体古文字字形如下：

---

① 中国哲学史学会云南省分会：《云南少数民族哲学社会思想资料选辑》第二辑，昆明：中国哲学史学会云南省分会，1982 年，第 122 页。
② 李延寿：《点校本二十四史：北史》（第一〇册·卷九十九），北京：中华书局，1974 年，第 3288—3289 页。
③ 范晔：《点校本二十四史：后汉书》（第一〇册·卷九十），北京：中华书局，2000 年，第 2980 页。
④ 欧阳修、宋祁：《点校本二十四史：新唐书》（第二〇册·卷二二一上），北京：中华书局，1975 年，第 6214 页。

| 甲骨文 | 金文 | 简帛文 | 小篆 |

字形左侧为古代上衣的正面象形，即"衣"字，右侧为"刀"，会以刀刃就衣之义，即裁衣。《说文·刀部》："初，始也。从刀，从衣。裁衣之始也。"① 许慎所说的"裁衣"为始，一般认为是指就制作衣服而言，通常以用刀裁剪布料作为起点。专指"裁衣之始"，这应该就是"初"字的本义。后来"裁衣之始"这个特定时间的初始含义，逐渐引申为表示一切事物的初始含义，即一般概念的"初始、开端"。裁衣是一个具象的行为动作，以此来表示依附于该具象动作的时间含义，再进一步扩展到用以表示更为抽象的一般性的"初始"时间概念，这种表意的演变路径，正是以具象事件表示抽象时间概念的情况。

二、食

古人以"簋"为食器，那么以它为义符的字，必然与饮食脱不开关系。如：表示前往进食之义的"即"，古文字写作"𣍶"，字形左侧为食器簋，右侧为面朝食器侧面跽坐的人形，整体会意为人趋就于食器，即"就食"；表示食毕离席的"既"，古文字写作"𣪘"，字形与"即"正相反，字形右侧为食器，左侧是一个背朝食器侧面跽坐的人形，人形大张其口，整体会意为人离食器而去，即"食毕"；表示相对而食的

① 许慎：《说文解字》，北京：中华书局，1963 年，第 91 页。

"卿",字形作"",字形中间是食器,而一左一右是面朝食器相对而坐的人形,整体会意为二人相对着享用食物,即"相对而食";等等。当然,"食物"之"食"本身也是以"簋"为义符的。它的古文字形写作:

| 甲骨文 | 金文 | 简帛文 | 小篆 |

甲骨文"食"字形上部的三角状形体"亼"象一个倒扣的盖状物,下部就是盛放食物的簋,一般认为"食"字象食物盛放在器皿当中,因此引申为表示食用之义。《说文·食部》:"食,一米也。从皀、亼声。"①　"食"的本义是饭食。《周礼·天官冢宰·膳夫》:"膳夫掌王之食、饮、膳、羞。"②　注曰:"食,饭也。"③《战国策·齐人有冯谖者》:"孟尝君使人给其食用,无使乏。"④　都是用为本义。"食"字后来引申为表示凡一切食物之义,就是现在所谓的"粮食"。食物也好,粮食也好,它们都是具体的事物,和抽象概念的时间没有直接联系,但以"食"字来表达就食的时间,就将这一具体一抽象的事物关联了起来。甲骨文中"食"字就有这样用以表

---

① 许慎:《说文解字》,北京:中华书局,1963年,第106页。

② 徐正英、常佩雨:《周礼(上册)》,北京:中华书局,2014年,第76页。

③ 十三经注疏整理委员会:《周礼注疏(十三经注疏)》,北京:北京大学出版社,2000年,第94页。

④ 缪文远、缪伟、罗永莲:《战国策(上)》,北京:中华书局,2012年,第307页。

示时间的含义，卜辞中相关的辞例有：

　　[1] 食不雨。　　　　　　　　　　《合集》29776

　　[2] 食日不雨。　　　　　　　　　《合集》29785

　　[3] 自旦至食日不雨。　　　　　　《屯南》42

　　[4] 丙戌卜，三日雨。丁亥隹大食雨。　《合集》20961

　　如上诸例所示，卜辞中常见如例［1］—［3］这样用"食""食日"表示时间概念的辞例，尤其例［3］中"食日"与时间词"旦"对举，确定了"食日"作为时间词的准确地位。"食"本是表示食物这种具象事物，进而表达就食之类的具象行为的，而行为总是伴随着时间而存在，因而以就食这个具象行为来表示就食的时间，也就变得理所应当。卜辞中除了"食"和"食日"之外，还以"大食""小食"之语记录所谓"食日"，它们则是名副其实的以具象代抽象的方式来表达时间概念的时间词。

　　古人以具象代抽象表达时间的方式，还具有一定的往复性，即这种表达方式存在从抽象概念回归具象事物的情况。如《史记·天官书》中有"天则有列宿，地则有州域"① 一语。人们根据陆地上四方九州的区域分划概念来对天上的星宿进行区划，同时又将天上的列宿匹配到地上的州域，使之虚实对应，形成固定的分野概念。古人通过观测星宿纪时，是一种用具象事物记录抽象时间概念的行为，而将众星宿分野对应地上的四方九州，则又是一次将抽象概念关联到具象

———————

① 韩兆琦：《史记（三）》，北京：中华书局，2010 年，第 2139 页。

事物的回归过程。

用具象的客观事物表示抽象的时间概念时，其中或许还需要一些虚象作为中介，《管子》中的"阴阳"概念即是这种虚象。《管子·乘马》云："春秋冬夏，阴阳之推移也；时之短长，阴阳之利用也；日夜之易，阴阳之化也。"① 即是其证。古人认为阴阳是一种无形的气，自然现象中日夜的交替、四季的轮转、时光的推演，都可经由"阴""阳"二气的此消彼长情况来表现。而这种"阴阳"概念最初其实也与具象事物有所关联，如五行之说分别以具象事物金、木、水、火、土作为标识等。利用"阴阳"这种本身就是抽象概念的虚象作为客观事物和抽象时间概念之间的媒介，也是古代时间观中的一种独特表达。

第二节　抽象的时间次序观

时间是无形的，但时间在意念上又是有形的，因为它会"流动"。这种"流动"的时间，对应具象事物的"流动"而言，它也应该存在先、后的次序概念。因而在抽象的时间概念中，还存在着"先后"的时间次序观。

一、先

凡事都有先来后到，时间亦先后有别。下为古文字"先"的诸种写法：

---

① 耿振东：《管子译注》，上海：上海三联书店，2018 年，第 56 页。

| 甲骨文 | 金文 | 简帛文 | 小篆 |

甲骨文、金文、简帛文中，"先"的字形基本上毫无二致，其字形"从止、从人，止在人上，会世系在前，即人之先祖之意，省称为先。《说文》：'先，前进也。从儿之。'此为后起义"①。具象事物上有先后之分，与之对应的抽象的时间概念也应有先后之别。商代甲骨文中的"先"字已经具有时间概念上的先后次序之义，如下例：

　　[5] 庚子卜，㱿贞：令子商先涉羌于河。　　《合集》536

　　[6] 丁卯卜，贞：㞷往先。　　　　　　　　《合集》4068

　　[7] 丙寅卜，大贞：翌丁卯岁其先裸。　　　《合集》25203

上举诸辞中的"先"作为副词，修饰动作词"涉""往""裸"，它们都是就动作行为的先后之义而言，与现代汉语之"先"意义无别。从该字古文字形体来看，不排除它最初是用以表达某具体事物先后次序之义的可能。不论这个先后次序针对的是具体事物还是抽象事物，毕竟"先后次序"本身其实就是一种观念上的抽象含义，因而"先"字发展为用以表示一切事物的先后次序之义也就理所当然。此外，这种概念的演变可能也会由于观念转换得太顺理成章，而发展得较快、来得较早。

　　二、后

　　表示先后之义的"后"字，繁体作"後"，其各类古文字

---

① 徐中舒：《甲骨文字典》，成都：四川辞书出版社，1989 年，第 975—976 页。

写法如下所示：

甲骨文　　　　　金文　　　　　简帛文　　　　　小篆

该字的甲骨文字形，徐中舒有过较详细的考释：

> 古人即以结绳纪祖孙世系之先后。……盖父子相继为世（金文世字从止结绳），子之世即系于父之足趾之下。……从夂（倒止）系绳下，即表世系在后之意，此即后之本义。①

甲骨文和金文中的"后"也有不从"彳"旁的情况，就字形结构演变的一般规律而言，这种简省的写法或许才是"后"字更早的形态。后来在简省形态上附加了偏旁"彳"，用以表示该字义类与行走或道路等义有关。"后"之先后之义，是一个抽象的时间秩序的概念，但抽象的时间先后关系反映到具象事物上，就是事物方位上的先后，因行走意义上的先后关系实际上对应的就是方位上的先后关系，故"彳"旁是在义符上对抽象的先后概念进行了强调。

三、时

金文　　　简帛文　　　石刻文　　　古陶文　　　小篆

"时"的古文字形最早见于铜器铭文，写作，其字形结

---

① 徐中舒：《甲骨文字典》，成都：四川辞书出版社，1989 年，第 164—165 页。

构上从"之"、下从"日"。其中的"之"作为声符也被认为具有表义的作用。"之"从"止","止"即足趾之"趾"的本字，表达的是行走相关的含义。"止"下一横笔或用以表示地面之义，或单纯作为指事符号，配合"止"表达行走相关的含义。"之"字在《玉篇》中被释为"至也，往也"①，这应该是符合其形体结构理据的本义。"日"为"太阳"，"之"为"往"，从之、从日的"时"字则可由其字形结构特征，会意为"日之往"，意即指称太阳的行进。前文已详细述及太阳是原始时间的衡量基准之一，因此，将"太阳的行进"转换一下表述，其实就是指时间的行进，即时间的运转。

太阳作为衡量时间的基准之一，凡与时间运转相关的字词，往往也都与太阳有关。如表示过去的时间用"昔"。甲骨文"昔"写作答，字形从水、从日，一般认为其中的"水"字符号是人们对上古时代洪水泛滥时期的追忆，以"日"表时间，故"洪水泛滥之时"所表示的就是过往的那段时日，即"昔"。"昔"在时间的先后次序上，往往占据更早的地位，它也是一种明确的有关抽象时间次序观念的表达。

第三节　与时俱进的时间表达观

时间的存在依托于具象事物，而具象事物存在于自然社会当中，因而时间也可以说是一种自然社会的产物。自然社会

---

① 顾野王：《宋本玉篇》，北京：中国书店，1983 年，第 515 页。

总是不断向前演进的，时间也是如此，值得庆幸的是，人类对于流动的时间的认知观念，也随着时间的向前运行而不断发展演变，与"时"俱进。

前文述及，商代纪月以朔望月为主，但其实古人记录"月"的方式是丰富多样的。除了专字纪月、月相术语纪月之外，还有其他更为常见的方式，如现在看来极为常规的数字纪月，以及由干支纪日发展而来的干支纪月等。这些纪月方式的演变发展，实实在在地为我们呈现了古人丰富而与时俱进的时间表达观。

适合农耕生活的太阴纪月法，主要以观察月相为准。古人配合太阳纪年，在年底或年中采取置闰的方法以准确演算时间的推移。年终置闰的方法主要体现在闰月的"十三月"和"十四月"等用语中，这种置闰法早在殷商时期已经实行。此外，区分大小月也是人为灵活推演时间的方式之一，如《礼记·礼运》："月以为量。"① 注云："天之运行，每三十日为一月。"②《尚书·洪范》："二曰月。"③ 疏云："从朔至晦，大月三十日，小月二十九日，所以纪一月也。"④ 皆为古人区分大小月的实例。不仅《礼记》《尚书》如此，早在殷商时

---

① 杨天宇：《礼记译注（上）》，上海：上海古籍出版社，2016 年，第 345 页。
② 十三经注疏整理委员会：《礼记正义（十三经注疏）》，北京：北京大学出版社，2000 年，第 815 页。
③ 王世舜、王翠叶：《尚书》，北京：中华书局，2012 年，第 148 页。
④ 十三经注疏整理委员会：《尚书正义（十三经注疏）》，北京：北京大学出版社，2000 年，第 363 页。

代，古人纪月就已经开始区分大小月，卜辞中就体现了当时人分大月为三十或三十一日（如《补编》4939 中有三十一日），小月为二十九日等情况。除了纪年和纪月以外，还有其他更为细致的纪时方式，如古人将每个月的第一天叫作朔，最后一天叫作晦。《庄子》有："朝菌不知晦朔。"[1] 后世将一年的最后一日"除夕"称作"大晦日"，都是相关观念的留存。

一、数字纪月

从观测月相以记录时间周期的角度出发，或许会产生"古人纪月主要用月相相关的称谓来表示"的错觉。然而事实上，根据文献记载，古人纪月其实更多采用数字记录的方式。当最早的记数文字产生之后，它作为基本的记数单位或许已经深入人心。

《史记·夏本纪》云："孔子正夏时，学者多传《夏小正》。"[2]《夏小正》一般被认为是记录夏代历法相关内容的材料。《大戴礼记·夏小正》将一年分为十二个月，除一月称"正月"外，其余均以数字称之。《夏小正》的成书时间大致在春秋时期，其中记载的是否确实是夏代的历法，当前暂无法确定，但在最早的实物文献里确实已经存在以数字纪月的情况。在商代文字系统中，以数字纪月的方式已经形成定式。甲骨卜辞中，每以数月之语记于占卜文辞的末端，用来记录

---

[1] 郭庆藩：《庄子集释》，王孝鱼整理，北京：中华书局，1961 年，第 11 页。

[2] 韩兆琦：《史记（一）》，北京：中华书局，2010 年，第 140 页。

占卜行为所处的具体时月。如：

[8] 贞：叀小臣令众黍。一月。 　　　　《合集》12

[9] 乙未卜，行贞：王其田无灾。在二月。在庆卜。

《合集》24474

[10] 己卯卜，㝷贞：翌甲申用射冄以羌自上甲。三月。

《合集》277

[11] 己丑卜，㱿贞：尞于丘商。四月。 　《合集》776

[12] 甲戌卜，旅贞：今夕无国。在五月。《合集》26303

[13] 癸酉卜，侑于成。六月。 　　　　《合集》1374

[14] 丁丑卜，㝷贞：侑于丁牢用。七月。《合集》1910

[15] 癸亥卜，卣贞：今夕无国。八月。 　《合集》3927

[16] 壬辰卜，争贞：其逐，获。九月。 　《合集》5516

[17] 丁亥卜，㝷贞：叀彗乎小多马羌臣。十月。

《合集》5717

[18] 癸酉卜，尹贞：王宾示癸彡无咎。在十一月。

《合集》25077

[19] 乙酉卜，争贞：往复比臬夅舌方。十二月。

《合集》6333

[20] 癸卯卜，古贞：王于黍矦受黍年。十三月。

《合集》9934

[21] 戊午卜，㠱贞：王宾大戊戠无国。在十四月。

《合集》22847

　　如上所见，从"一月"到"十二月"，正与我们如今的历法月份表达一致。不过卜辞中多了"十三月"和"十四月"

两种称法。学者们早已论证此"十三月"和"十四月"正是由于殷历年终置闰的做法所产生的闰月。除了闰月之外，卜辞也称"一月"为"正月"。《说文·正部》："正，是也。"①饶宗颐认为"正"当"用为时……'是'与'时'古音义俱通……此字或从日作昰"②。"正月"如卜辞中的其他月份一样，常记于辞末以记录时间。《合集》24440另有"月一正曰食麦"之语，"月一正"即"正月一月"。由此可见，至少在殷商时代，"一月""二月"等数字纪月的方式已经固定下来，并通用为主流。商代相去夏代不远，从语言文字演变的轨迹向上推演，推测夏代已有类似的纪月方式也是完全符合逻辑的。

数字纪月出现在最早的语言文字中，后世又发展出更多其他的纪月方法。时间来到当代，社会再度以数字纪月为最常用的纪月方式，这固然是由于它的便捷性和经济性等，而这种历史演变现象的发生，也正是人类在纪时观念上与时俱进的一种体现。

二、干支纪月

自干支文字出现以来，古人即以之用于纪日。虽然最初的纪月方式似乎并未使用干支，但随着干支纪日和纪年方式的发展，以干支相互配合用以纪月的形式也就自然而然地出现了。古时的人们以黄道十二宫对应一年中的十二个月，即

---

① 许慎：《说文解字》，北京：中华书局，1963年，第39页。
② 饶宗颐：《殷代贞卜人物通考》，香港：中华书局（香港）有限公司，2015年，第506—507页。

所谓月建。《礼记·月令》云："仲春之月，日在奎，昏弧中，旦建星中。"① 注曰："建星在斗上。"② 这里的"斗"指北斗星，将北斗星的斗柄每月所指之方向与地支所表示的十二个时辰相配合，就是所谓的十二月建。

《尔雅·释天》中有更为详细的记载：

> 月在甲曰毕，在乙曰橘，在丙曰修，在丁曰圉，在戊曰厉，在己曰则，在庚曰窒，在辛曰塞，在壬曰终，在癸曰极。月阳。③

郭璞注曰："皆月之别名。"④ 邢昺疏曰：

> 此辨以日配月之名也。设若正月得甲则曰毕陬，二月得乙则曰橘如，三月得丙则曰修寎，四月得丁则曰圉余，五月得戊则曰厉皋，六月得己则曰则且，七月得庚则曰窒相，八月得辛则曰塞壮，九月得壬则曰终玄，十月得癸则曰极阳，十一月得甲则曰毕辜，十二月得乙则曰橘涂，周而复始，亦可知也。⑤

《史记·历书》："月名毕聚。"司马贞索隐曰："聚音

---

① 杨天宇：《礼记译注（上）》，上海：上海古籍出版社，2016 年，第 224 页。
② 十三经注疏整理委员会：《礼记正义（十三经注疏）》，北京：北京大学出版社，2000 年，第 550 页。
③ 管锡华：《尔雅》，北京：中华书局，2014 年，第 395 页。
④ 十三经注疏整理委员会：《尔雅注疏（十三经注疏）》，北京：北京大学出版社，2000 年，第 189 页。
⑤ 十三经注疏整理委员会：《尔雅注疏（十三经注疏）》，北京：北京大学出版社，2000 年，第 189 页。

娵……月，雄在毕，雌在訾，訾则娵訾之宿。"① 所谓月雄、月雌，与之对应的就是月阳、月阴。也就是说，纪月分"月阳"和"月阴"两种，以天干所配者为"月阳"，以地支所配者为"月阴"。据司马贞索隐可知，"毕"为月阳，"聚"（即"娵"或"陬"）是月阴。《史记》所谓"毕聚"是以月阳配月阴，其他各月均如是。而与十二地支所配的"月阴"，《尔雅·释天》曰：

> 正月为陬，二月为如，三月为寎，四月为余，五月为皋，六月为且，七月为相，八月为壮，九月为玄，十月为阳，十一月为辜，十二月为涂。②

"月阴"同十二地支相配而分为十二个等份，这十二等份又各自另有别名。近些年，考古学家和古文字学家在出土文献材料中找到了"月阴"相关称谓的佐证，如长沙子弹库帛书上就明确记录了四时、十二月的相关信息，其中十二月的每月均有神名③，并配以月神图像等信息，具体如表7-1所示：

表7-1　子弹库帛书中的月神之名

	1月	2月	3月	4月	5月	6月	7月	8月	9月	10月	11月	12月
《尔雅》	陬	如	寎	余	皋	且	相	壮	玄	阳	辜	涂
帛书	取	女	秉	余	欱	虘	仓	臧	玄	昜	姑	荃

① 司马迁：《史记》，北京：中华书局，1959年，第1260—1262页。
② 管锡华：《尔雅》，北京：中华书局，2014年，第396页。
③ 李零：《子弹库帛书》，北京：文物出版社，2017年，第65—77页。

表7－1所示帛书中的各月月神之名，尽管个别字形写法与今不同，如一月之称"陬"在帛书中写作"取"、二月之称"如"在帛书中写作"女"等，但两相对照后，可知帛书中的十二月名正与《尔雅》所说的十二个"月阴"之名别无二致。据学者考证，子弹库帛书所处的年代当为战国中期或更早。由此可知，以"月阳"配"月阴"的这种干支纪月方式最早可溯至战国中期或更早。

三、楚简月名

战国时期纪月有"月阳""月阴"的干支配合方式，其实并不单一。事实上，当时诸国纷争四起，各国不仅文字异形，在礼俗生活上也产生了不少差异，因此不同诸侯国之间的纪时名称也随着地域的差异而有了各自的特色。

云梦睡虎地秦墓出土的《日书》中（《睡虎地秦简牍·日书甲种·岁》），记载了秦、楚两国的月名对照[1]，具体如表7－2所示：

表7－2　秦、楚两国的月名对照表

	1月	2月	3月	4月	5月	6月	7月	8月	9月	10月	11月	12月
秦	十月	十一月	十二月	一月	二月	三月	四月	五月	六月	七月	八月	九月
楚	冬夕	屈夕	援夕	刑夷	夏屎	纺月	七月	八月	九月	十月	爨月	献马

---

[1] 睡虎地秦墓竹简整理小组：《睡虎地秦墓竹简》，北京：文物出版社，1990年，第190—197页。

由此可知,战国时期的楚国存在一系列具有楚国地域特色的月名称谓。可见古人的纪时方式以及对纪时观念的表达,不仅与时俱进,还具有与"地"俱进的特点。

以上种种,均是古人抽象时间观的表达方式。通过观察和分析那些与时间相关的字词和术语,我们认识到了古人所使用的各种有关时间的意识观念表达,也进一步探寻到古人的时空观在语言文字上所留存的痕迹。

"时令"字类中的时间观念

结　　语

时间,随万物存在。

人类自有意识起，就在不断探索有关时间的奥秘。时间的观念究竟从何而来？自然和人文学科的研究给我们带来了较为科学的解答：时间观念并非人的天性使然，亦非神灵的造化，而是劳动人民在日复一日的生产生活实践中对于客观世界观察和认知的结果。

这种复杂的抽象概念，古往今来始终吸引着学者的广泛关注，人们不断探索时间与宇宙自然万物、与其他诸多意识形态之间的紧密关联。其中，"与其他观念相比，时间与文化之间的关系对于时间观的历史而言是更为本质的"①。中国传统文化中的时间观正体现出了这种本质。不同于西方世界对时间的探索在自然科学领域所具有的趋向性特征，中国对于时间的认识和探讨可以更多地立足于意识形态的层面，正如本书所述，我们可以以古老的语言符号——"汉字"为出发点，深入挖掘东方意识形态下有关时间的奥秘。

追溯中国古代时间观念的起源，在语言文字方面，我们

---

① 吴国盛：《时间的观念》，北京：北京大学出版社，2006 年，第 1—2 页。

不得不提到"宇宙"一词。"宇宙"一词最早出现于西汉早期的《淮南子》一书，它是汉语文字中对于时空概念的最早的表达。《淮南子·天文训》篇首云：

> 天地未形，冯冯翼翼，洞洞灟灟，故曰太昭。道始于虚霩，虚霩生宇宙，宇宙生气，气有涯垠。①

汉代高诱将该句中的"宇宙"二字解作："宇，四方上下也；宙，往古来今也。"② 可见，早在西汉初期，古人就以"宇"字表空间、"宙"字表时间。从结构上而言，"宇"字的义符为"宀"，"宀"为房屋的象形，故"宇"的字义与屋宇之义相关。《说文·宀部》云："宇，屋边也。"③ 足见以"宇"字表空间之义是与其字形构造理论相符的。但将同样从"宀"旁的"宙"字用以表示时间，则无法直接由字形结构的表意特点分析出它的造字原理，是以，用"宙"字表时间当非本字本义。

除了《淮南子》之外，《墨子·经上》中也有与"宇宙"类似的表时空之语：

> 久，弥异时也。宇，弥异所也。④

句中以"久"表时间，以"宇"表空间、场所。李学勤先生根据"宙""久"二字在音韵上的密切联系，指出此二字在用

---

① 陈广忠：《淮南子》，北京：中华书局，2012 年，第 103 页。
② 何宁：《淮南子集释》，北京：中华书局，1998 年，第 199 页。
③ 许慎：《说文解字》，北京：中华书局，1963 年，第 150 页。
④ 方勇：《墨子》，北京：中华书局，2011 年，第 329 页。

法上具有互通性，故而认为不论是《墨子》中的"久"，还是《淮南子》中的"宙"，其实都是古人用以表示时间概念的字。①

不过，"宙"和"久"所表示的是"时间"一词的一般性抽象概念。抽象概念是依托于诸多具体事物的个性而归纳总结出的一种共性概念，它的出现必然晚于具体事物的出现。因此，我们不能根据表抽象概念的字词所出现的时代，去准确地推测古人产生某些具体时间观念的时期。因为远在人们归纳出这个一般概念之前，有关时间的具体观念一定早已存在于人们的意识领域当中，而这个具体观念所形成的时间究竟在多久之前，在没有更多实证的情况下，是无法为我们作出科学的判断提供有力参考的。

那么，那些有关时间的具体观念究竟是何时产生，又是通过怎样的方式来呈现的，以及时间观念与中国思想意识的发展和演变有何关联呢？本书正是以寻求此问题的解答为起点，在考古实物的发掘研究以外，试图通过对古老的汉语文本记录的深入挖掘，寻求一些解疑的头绪，由此或可进一步探索汉语文字中所传达的古人时间观念的生成和演变情况。

通过对古文字中"时令"字类认知结构的深入挖掘和分

---

① 在音韵上，"久"为见母之部字，"宙"为定母幽部字，以"久""由"二字为声的字均存在转作喻母为声的情况，如"羑"从"久"声，但为喻母之部字；"油"从"由"声，但为喻母幽部字等。"羑里"或作"牖里"亦是其证。详参李学勤：《释古代道家的"宇宙"》，《中国科技典籍研究：第三届中国科技典籍国际会议论文集》，郑州：大象出版社，2006 年，第 73—75 页。

析，我们已经深刻意识到，中国古老的语言文字中蕴含着极为丰富的时令内涵。在最早有文字记载的殷商时代以前，人类思想意识上的原始时间观念开始萌芽。初始的时间观念产生于对"日升月落"的自然现象的观察过程，由此生成了最原始的白昼观和黑夜观。时间观念的形成和发展既是循序渐进的，也是突飞猛进的，上古三代的文献记录中，留存了古人"时令"观念历史演变的轨迹在语言表达上的痕迹。岁节字类所表达的王权观念、月令字类中呈现的天文时间观念、农时字类所传达的礼制观念，以及时辰字类所体现的精细时间观，这些与"时令"相关的字词表达，为我们进一步探索中国思想意识范畴内有关时间观念发展演变的轨迹提供了一条清晰的线索。

先民对自然循环的周期性观察，具象方面主要体现在日复一日的生活行为当中，而抽象方面则体现为对时间概念的语言表达。这种观念的对应生成，并非天生天养，更非一蹴而就，它是人们生活于自然界，与自然界融洽相处，从自然规律中慢慢总结和归纳出来的经验之果，是人们细致观察生活和关心生活的体现。

由于时间观念总是与实际生活行为息息相关，而这种行为活动往往具有不确定性，因而人们对时间观念的界定最初总是存在笼统而模糊的性质，无法与现在的精确时间观等同。但随着人们生活水平的不断提高，越来越精细的时间观念逐渐深入人心。由于抽象的时间观念总来源于具象的事物与事件，而具象的事物与事件也存在疏密之分，某类事物或活动可能在某段时间与人们的生活关系密切，则与此类事物或活动相关的时间表达就会更丰富、更精细；而当某类事物或活动在某段时间渐渐远离了人们的生活，则与该类事物或活动相关的时间表达也会随之淡出人们的意识领域。

因此，时间观念的发展总是与人们真实的社会生活状况并驾齐驱的，它不会往复倒退，更不会停滞不前，这是古人思想意识领域中的与时俱进观。这种与时俱进，体现在古人对时间的语言文字表达上，它为我们带来的是——

哲学的时间观，科学的时间观，语言文化的时间观。

参 考 文 献

安金槐：《中国考古》，上海：上海古籍出版社，1992 年。

白于蓝：《殷墟甲骨刻辞摹释总集校订》，福州：福建人民出版社，2004 年。

蔡运章：《远古刻画符号与中国文字的起源》，《中原文物》，2001 年第 4 期。

曹锦炎、沈建华：《甲骨文校释总集》，上海：上海辞书出版社，2006 年。

常玉芝：《商代周祭制度》，北京：中国社会科学出版社，1987 年。

常玉芝：《殷商历法研究》，长春：吉林文史出版社，1998 年。

晁福林：《试论殷代的王权与神权》，《社会科学战线》，1984 年第 4 期。

陈广忠：《淮南子》，北京：中华书局，2012 年。

陈剑：《释造》，《出土文献与古文字研究》第一辑，上海：复旦大学出版社，2006 年。

陈梦家：《殷虚卜辞综述》，北京：中华书局，1988 年。

陈年福：《甲骨文词义论稿》，上海：上海古籍出版社，2007 年。

陈年福：《释"蕭"》，《中国语文》，2018 年第 2 期。

陈年福：《释甲骨文"𩆜月""稟月"》，复旦大学出土文献与古文字研究中心网：http://www.fdgwz.org.cn/Web/Show/1149，2010 年 5 月 15 日。

陈晓芬、徐儒宗：《论语·大学·中庸》，北京：中华书局，2011 年。

承载：《春秋穀梁传译注》，上海：上海古籍出版社，2004 年。

程廷芳：《中国古代太阳黑子纪录分析》，《南京大学学报（自然科学版）》，1956 年第 4 期。

戴家祥：《金文大字典》，上海：学林出版社，1995 年。

邓飞：《商代甲金文时间范畴研究》，北京：人民出版社，2013 年。

丁建川：《〈王祯农书·授时图〉与二十四节气》，《中国农史》，2018 年第 3 期。

丁山：《古代神话与民族》，北京：商务印书馆，2005 年。

丁骕：《释岁》，《中国文字》新十八期，台北：艺文印书馆，1994 年。

董莲池：《新金文编》，北京：作家出版社，2011 年。

董作宾：《董作宾先生全集》，台北：艺文印书馆，1977 年。

范晔：《点校本二十四史：后汉书》，北京：中华书局，2000 年。

方国瑜：《纳西象形文字谱》，和志武参订，昆明：云南人民出版社，2005 年。

方勇：《孟子》，北京：中华书局，2010 年。

方勇：《墨子》，北京：中华书局，2011 年。

方勇、李波：《荀子》，北京：中华书局，2011 年。

冯时：《百年来甲骨文天文历法研究》，北京：中国社会科学出版社，

2011 年。

冯时：《殷代纪时制度研究》，《考古学集刊》第 16 集，北京：科学出版社，2006 年。

冯时：《殷历岁首研究》，《考古学报》，1990 年第 1 期。

冯友兰：《中国哲学史》，上海：华东师范大学出版社，2011 年。

刚祥云：《中国古代时间意识流变中的美学问题》，《社会科学战线》，2020 年第 1 期。

高鸿缙：《散盘集释》，台北：台湾师范大学，1957 年。

耿振东：《管子译注》，上海：上海三联书店，2018 年。

顾野王：《宋本玉篇》，北京：中国书店，1983 年。

管锡华：《尔雅》，北京：中华书局，2014 年。

管燮初：《殷虚甲骨刻辞的语法研究》，北京：中国科学院，1953 年。

郭丹、程小青、李彬源：《左传》，北京：中华书局，2012 年。

郭沫若：《卜辞通纂》，北京：科学出版社，1983 年。

郭沫若：《郭沫若全集》，北京：科学出版社，1982 年。

郭沫若：《甲骨文合集》，北京：中华书局，1978—1983 年。

郭沫若：《殷契粹编》，北京：科学出版社，1965 年。

郭庆藩：《庄子集释》，王孝鱼整理，北京：中华书局，1961 年。

郭锡良：《远古汉语的句法结构》，《古汉语研究》，1994 年第 S1 期。

海德格尔：《时间概念史导论》，欧东明译，北京：商务印书馆，2009 年。

韩霞：《中国古代天文历法》，北京：中国商业出版社，2015 年。

韩兆琦:《史记》,北京:中华书局,2010 年。

汉语大字典编辑委员会:《汉语大字典》(九卷本),武汉:湖北长江出版集团·崇文书局;成都:四川出版集团·四川辞书出版社,2010 年。

何宁:《淮南子集释》,北京:中华书局,1998 年。

何驽:《山西襄汾陶寺城址中期王级大墓 IIM22 出土漆杆"圭尺"功能试探》,《自然科学史研究》,2009 年第 3 期。

黑格尔:《哲学史讲演录》(第一卷),北京大学哲学系外国哲学史教研室译,北京:生活·读书·新知三联书店,1956 年。

胡厚宣:《甲骨文合集释文》,北京:中国社会科学出版社,1999 年。

胡厚宣:《甲骨文商族鸟图腾的遗迹》,《历史论丛》第一辑,北京:中华书局,1964 年。

胡潇:《马克思时间哲学思想发轫》,《学术研究》,2023 年第 1 期。

湖北省荆沙铁路考古队:《包山楚简》,北京:文物出版社,1991 年。

黄德宽:《古文字谱系疏证》,北京:商务印书馆,2007 年。

黄怀信:《鹖冠子校注》,北京:中华书局,2014 年。

黄怀信、张懋镕、田旭东:《逸周书汇校集注》,上海:上海古籍出版社,2007 年。

黄灵庚:《楚辞章句疏证》,北京:中华书局,2007 年。

黄盛璋:《释初吉》,《历史研究》,1958 年第 4 期。

黄天树:《关于商代甲骨卜辞是否有代词"其"的考察》,《语文研究》,2021 年第 3 期。

黄天树:《黄天树古文字论集》,北京:学苑出版社,2006 年。

黄天树:《殷墟甲骨文白天时称补说》,《中国语文》,2005 年第 5 期。

黄天树:《殷墟王卜辞的分类与断代》,北京:科学出版社,2007 年。

黄载君:《从甲文、金文量词的应用,考察汉语量词的起源与发展》,《中国语文》,1964 年第 6 期。

江林昌:《考古所见中国古代宇宙生成论以及相关的哲学思想》,《学术研究》,2005 年第 10 期。

蒋玉斌:《释甲骨金文的"蠢"兼论相关问题》,《复旦学报(社会科学版)》,2018 年第 5 期。

景冰:《西周金文中纪时术语——初吉、既望、既生霸、既死霸的研究》,《自然科学史研究》,1999 年第 1 期。

李发舜、黄建中:《方言笺疏》,北京:中华书局,2013 年。

李玲璞、臧克和、刘志基:《古汉字与中国文化源》,贵阳:贵州人民出版社,1997 年。

李零:《子弹库帛书》,北京:文物出版社,2017 年。

李晓春:《中国古代时空观与道观念的演变》,《兰州大学学报(社会科学版)》,2015 年第 3 期。

李孝定:《甲骨文字集释》,台北:"中研院"历史语言研究所,1970 年。

李学勤:《论新出大汶口文化陶器符号》,《文物》,1987 年第 12 期。

李学勤:《释古代道家的"宇宙"》,《中国科技典籍研究:第三届中国科技典籍国际会议论文集》,郑州:大象出版社,2006 年。

李学勤、齐文心、艾兰:《英国所藏甲骨集》,北京:中华书局,1985、1992 年。

李延寿:《点校本二十四史:北史》,北京:中华书局,1974 年。

李勇:《世界最早的天文观象台——陶寺观象台及其可能的观测年

代》，《自然科学史研究》，2010 年第 3 期。

李友东：《时间秩序与大规模协作式农业文明的起源》，《社会科学》，2013 年第 1 期。

李远宁、黄春荣：《试论左江岩画中日芒星与祭日、祀日及"日"字的起源》，《学术论坛》，2009 年第 3 期。

李宗焜：《卜辞所见一日内时称考》，《中国文字》新十八期，台北：艺文印书馆，1994 年。

连劭名：《长沙楚帛书与中国古代的宇宙论》，《文物》，1991 年第 2 期。

林家骊：《楚辞》，北京：中华书局，2010 年。

林义光：《文源》，上海：中西书局，2012 年。

刘桓：《古代文字研究（续篇）》，《内蒙古大学学报（哲学社会科学版）》，1980 年第 4 期。

刘桓：《释甲骨文 ⚌、⚎ 二字》，《古文字研究》第二十五辑，北京：中华书局，2004 年。

刘开扬：《高适诗集编年笺注》，北京：中华书局，1981 年。

刘文英：《中国古代的时空观念》，《兰州大学学报（哲学社会科学）》，1979 年第 1 期。

刘文英：《中国古代的时空观念（续完）》，《兰州大学学报（哲学社会科学）》，1980 年第 1 期。

刘文英：《中国古代的时空观念》，天津：南开大学出版社，2000 年。

刘毓庆、李蹊：《诗经》，北京：中华书局，2011 年。

刘钊：《新甲骨文编》，福州：福建人民出版社，2014 年。

刘志基：《汉字文化综论》，南宁：广西教育出版社，1996 年。

刘志基：《中国文字发展史·商周文字卷》，上海：华东师范大学出版社，2015 年。

刘志基等：《古文字考释提要总览》第一册，上海：上海人民出版社，2008 年。

陆玖：《吕氏春秋》，北京：中华书局，2011 年。

陆星原：《卜辞月相与商代王年》，上海：上海社会科学院出版社，2014 年。

吕伟达：《纪念王懿荣发现甲骨文一百周年论文集》，济南：齐鲁书社，2000 年。

罗琨：《〈楚居〉"夈必夜"与商代的"夕"祭》，《出土文献》第四辑，上海：中西书局，2013 年。

罗琨：《甲骨文"亦"叚为"夜"之证》，《中国史研究》，2002 年第 3 期。

罗振玉：《殷虚书契考释三种》，北京：中华书局，2006 年。

缪文远、缪伟、罗永莲：《战国策》，北京：中华书局，2012 年。

欧阳修、宋祁：《点校本二十四史：新唐书》，北京：中华书局，1975 年。

彭邦炯、谢济、马季凡：《甲骨文合集补编》，北京：语文出版社，1999 年。

彭林：《仪礼》，北京：中华书局，2012 年。

裘锡圭：《古文字论集》，北京：中华书局，1992 年。

裘锡圭：《裘锡圭学术文集·甲骨文卷》，上海：复旦大学出版社，2015 年。

裘锡圭：《殷墟甲骨文"彗"字补说》，《华学》第二辑，广州：中山大学出版社，1996 年。

裘锡圭：《战国文字中的"市"》，《考古学报》，1980 年第 3 期。

屈万里：《殷虚文字甲编考释》，台北："中研院"历史语言研究所，1961 年。

饶宗颐：《殷代贞卜人物通考》，香港：中华书局（香港）有限公司，2015 年。

上海师范大学古籍整理研究所：《国语》，上海：上海古籍出版社，1998 年。

沈培：《说殷墟甲骨卜辞的"枛"》，《原学》第三辑，北京：中国广播电视出版社，1995 年。

十三经注疏整理委员会：《春秋左传正义（十三经注疏）》，北京：北京大学出版社，2000 年。

十三经注疏整理委员会：《尔雅注疏（十三经注疏）》，北京：北京大学出版社，2000 年。

十三经注疏整理委员会：《礼记正义（十三经注疏）》，北京：北京大学出版社，2000 年。

十三经注疏整理委员会：《论语注疏（十三经注疏）》，北京：北京大学出版社，2000 年。

十三经注疏整理委员会：《毛诗正义（十三经注疏）》，北京：北京大学出版社，2000 年。

十三经注疏整理委员会：《尚书正义（十三经注疏）》，北京：北京大学出版社，2000 年。

十三经注疏整理委员会：《仪礼注疏（十三经注疏）》，北京：北京大学出版社，2000 年。

睡虎地秦墓竹简整理小组：《睡虎地秦墓竹简》，北京：文物出版社，

1990 年。

司马迁：《史记》，北京：中华书局，1963 年。

四川大学学报编辑部、四川大学古文字研究室：《四川大学学报丛刊（第十辑）·古文字研究论文集》，成都：四川人民出版社，1982 年。

宋华强：《释甲骨文中的"今朝"和"来朝"》，《中国文字》新三十一期，台北：艺文印书馆，2006 年。

宋镇豪：《商代史》，北京：中国社会科学出版社，2010 年。

宋镇豪：《试论殷代的纪时制度——兼谈中国古代分段纪时制》，《考古学研究》第五辑，北京：科学出版社，2003 年。

宋镇豪：《释住》，《殷都学刊》，1987 年第 2 期。

宋镇豪：《释督昼》，《甲骨文与殷商史》第三辑，上海：上海古籍出版社，1991 年。

宋镇豪：《殷商纪时法补论——关于殷商日界》，《学术月刊》，2001年第 12 期。

宋镇豪：《中国风俗通史·夏商卷》，上海：上海文艺出版社，2001 年。

宋镇豪、段志洪：《甲骨文献集成》，成都：四川大学出版社，2001 年。

孙诒让：《契文举例》，楼学礼校点，济南：齐鲁书社，1993 年。

台湾大学文学院古文字学研究室：《中国文字》（第一至五十二册合集），台北：台湾大学文学院古文字学研究室，1972 年。

谭学纯：《中国古代时空秩序的修辞建构及其理据》，《新疆大学学报（社会科学版）》，2002 年第 3 期。

唐兰：《天壤阁甲骨文存并考释》，上海：上海古籍出版社，2016 年。

唐兰：《殷虚文字记》，上海：上海古籍出版社，2016 年。

王充：《论衡》，上海：上海古籍出版社，1990 年。

王国维：《观堂集林》，北京：中华书局，1959 年。

王凯石：《论中国古代的司法时令制度》，《云南社会科学》，2005 年第 1 期。

王力：《汉语史稿》，北京：中华书局，2004 年。

王力：《中国古代文化常识》，北京：中国人民大学出版社，2012 年。

王明华：《道教文化对"太一信仰"的接受与上元节的产生》，《山东青年政治学院学报》，2013 年第 6 期。

王世舜、王翠叶：《尚书》，北京：中华书局，2012 年。

王维堤、唐书文：《春秋公羊传译注》，上海：上海古籍出版社，2016 年。

王襄：《古文流变臆说》，上海：龙门联合书局，1961 年。

王蕴智：《"毓"、"后"语源及部分牙喉舌齿音声母通变关系合解》，《郑州大学学报（哲学社会科学版）》，1993 年第 2 期。

王蕴智：《释甲骨文"市"字》，《古文字研究》第二十五辑，北京：中华书局，2004 年。

魏徵等：《点校本二十四史：隋书》，北京：中华书局，2011 年。

温少峰、袁庭栋：《殷墟卜辞研究——科学技术篇》，成都：四川省社会科学院出版社，1983 年。

吴国盛：《时间的观念》，北京：北京大学出版社，2006 年。

吴平、徐德明：《清代学术笔记丛刊 2：日知录》，北京：学苑出版社，2005 年。

吴镇烽：《商周青铜器铭文暨图像集成》，上海：上海古籍出版社，2012 年。

吴镇烽：《商周青铜器铭文暨图像集成三编》，上海：上海古籍出版社，2020 年。

吴镇烽：《商周青铜器铭文暨图像集成续编》，上海：上海古籍出版社，2016 年。

武家璧、陈美东、刘次沅：《陶寺观象台遗址的天文功能与年代》，《中国科学·G 辑：物理学 力学 天文学》，2008 年第 9 期。

夏渌：《释甲骨文春夏秋冬——商代必知四季说》，《武汉大学学报（社会科学版）》，1985 年第 5 期。

萧放：《岁时：传统中国民众的时间生活》，北京：中华书局，2002 年。

谢明文：《说夙及其相关之字》，《出土文献与古文字研究》第七辑，上海：上海古籍出版社，2018 年。

徐伯鸿：《𡆥 𡆥 新释兼说与之相涉的气象及疾病》，《江苏纪念甲骨文发现百年·甲骨文与商代文明国际学术研讨会论文选集》，南京：江苏省甲骨文学会，1999 年。

徐梦莘：《三朝北盟会编：附索引》，上海：上海古籍出版社，2008 年。

徐正英、常佩雨：《周礼》，北京：中华书局，2014 年。

徐中舒：《甲骨文字典》，成都：四川辞书出版社，1989 年。

许慎：《说文解字》，北京：中华书局，1963 年。

许慎：《说文解字注》，段玉裁注，上海：上海古籍出版社，1981 年。

薛梦潇：《早期中国的月令与"政治时间"》，上海：上海古籍出版社，2018 年。

阎林山、全和钧:《论我国固有的百刻计时制》,《天文参考资料》,1977 年第 4 期。

杨伯峻:《春秋左传注》,北京:中华书局,1981 年。

杨升南:《说甲骨卜辞中的"湄日"》,《徐中舒先生百年诞辰纪念文集》,成都:巴蜀书社,1998 年。

杨树达:《积微居甲文说》,上海:上海古籍出版社,1986 年。

杨天宇:《礼记译注》,上海:上海古籍出版社,2016 年。

姚孝遂、肖丁:《殷墟甲骨刻辞摹释总集》,北京:中华书局,1988 年。

姚萱:《殷墟花园庄东地甲骨卜辞的初步研究》,北京:线装书局,2006 年。

姚振武:《上古汉语语法史》,上海:上海古籍出版社,2015 年。

叶蓓卿:《列子》,北京:中华书局,2011 年。

叶玉森:《说契》,《甲骨文研究资料汇编》,北京:国家图书馆出版社,2008 年。

殷梦霞、李定凯:《国家图书馆藏古籍文献汇编》(第一册),北京:国家图书馆出版社,2009 年。

于豪亮:《于豪亮学术文存》,北京:中华书局,1985 年。

于省吾:《甲骨文字诂林》,姚孝遂按语编撰,北京:中华书局,1996 年。

于省吾:《甲骨文字释林》,北京:中华书局,1979 年。

于省吾:《双剑誃殷契骈枝 双剑誃殷契骈枝续编 双剑誃殷契骈枝三编》,北京:中华书局,2009 年。

于省吾:《岁、时起源初考》,《历史研究》,1961 年第 4 期。

余廼永：《新校互注宋本广韵》，上海：上海辞书出版社，2000 年。

臧克和：《汉字单位观念史考述》，上海：学林出版社，1998 年。

臧克和：《中西学者视野中的出土文献与文化资源：简帛与学术》，郑州：大象出版社，2010 年。

曾文芳：《夏商周民族思想与政策研究》，北京：人民出版社，2008 年。

张秉权：《殷代的农业与气象》，《历史语言研究所集刊（第四十二本第二分）：庆祝王世杰先生八十岁论文集》，台北："中研院"历史语言研究所，1970 年。

张传开：《试论时间范畴的起源》，《安徽大学学报（哲学社会科学版）》，2000 年第 1 期。

张静：《郭店楚简中的变形音化现象》，《汉字研究》第一辑，北京：学苑出版社，2005 年。

张荣华：《近代中国人时间观念的文化意义》，《复旦学报（社会科学版）》，1985 年第 3 期。

张世亮、钟肇鹏、周桂钿：《春秋繁露》，北京：中华书局，2012 年。

张衍田：《中国古代纪时考》，上海：上海古籍出版社，2019 年。

张玉金：《甲骨文语法学》，上海：学林出版社，2001 年。

赵诚：《甲骨文简明词典——卜辞分类读本》，北京：中华书局，1988 年。

赵伟：《殷墟花园庄东地甲骨卜辞中的"月"和"夕"》，《中国新技术新产品》，2010 年第 16 期。

赵庄愚：《从星位岁差论证几部古典著作的星象年代及成书年代》，《科技史文集》第 10 辑（天文学史专辑 3），上海：上海科学技术出版社，1983 年。

中国社会科学院考古研究所：《小屯南地甲骨》，北京：中华书局，1980、1983 年。

中国社会科学院考古研究所：《殷墟花园庄东地甲骨》，昆明：云南人民出版社，2003 年。

中国社会科学院考古研究所：《殷墟小屯村中村南甲骨》，昆明：云南人民出版社，2012 年。

中国社会科学院考古研究所：《殷周金文集成》，北京：中华书局，1984—1994 年。

中国社会科学院考古研究所：《殷周金文集成释文》，香港：香港中文大学中国文化研究所，2001 年。

中国天文学史整理研究小组：《中国天文学史》，北京：科学出版社，1981 年。

中国哲学史学会云南省分会：《云南少数民族哲学社会思想资料选辑》第二辑，昆明：中国哲学史学会云南省分会，1982 年。

朱国理：《"夕"字本义考》，《辞书研究》，1998 年第 1 期。

朱国理：《"月""夕"同源考》，《古汉语研究》，1998 年第 2 期。

朱维铮：《中国经学史基本丛书》，上海：上海书店出版社，2012 年。

朱耀平：《时间的起源与谱系——试论海德格尔对胡塞尔的内在时间意识学说的批评和改造》，《求是学刊》，2004 年第 4 期。

竺可桢：《中国古代在天文学上的伟大贡献》，《科学通报》，1951 年第 3 期。

祝敏彻、孙玉文：《释名疏证补》，北京：中华书局，2008 年。

左民安：《汉字例话》，北京：中国青年出版社，1984 年。

后记

在数千年的中华文化历史长河中，汉字始终扮演着时间刻度记录者的角色，每一个古老的汉字符号，都或多或少地承载着某种特定的文化信息。对汉字符号的表意分析，是探讨中华文化底层逻辑的有效手段，也是笔者多年学习和研究中始终致力钻研的课题。

随着出土文献材料的陆续面世，我们能获得更多更古老的汉字形体和意义信息，但这些信息多数是残断或零碎的。得益于数字化技术的发展，语言文字的数字化研究为我们解决了不少研究中的难题。笔者多年来依托华东师范大学中国文字研究与应用中心的网络数据库平台，深耕于数字化形式的古文字研究，试图通过纵向和横向的系统对比分析，深入挖掘文字背后更多的历史和文化信息。这本小书的写作正是在此研究基础上才得以顺利完成的，其中也包括笔者所主持和参与的科研项目的支持，这些项目主要有：

上海市社科规划年度一般课题"《甲骨文原形字分类字编暨字形引得》数据库研制"（2022BYY008）；

国家社科基金重大项目"基于公共数据库的古文字字符

集标准研制"（21&ZD309）；

上海市教育委员会科研创新计划"冷门绝学"项目"全息型甲骨文智能图像识别系统与配套数据库建设"（2021－01－07－00－08－E00141）；

华东师范大学文化传承创新研究专项项目"面向外国人的汉字深度学习数据库建设"（2022ECNU－WHCCYJ－26）。

徐丽群

2024 年 7 月